무라카미 하루키의 100곡

무라카미 하루키의 100곡

구리하라 유이치로 편저 | 문승준 옮김

내
친구의
서재

"젊었을 적 나는 비틀스나 도어스를 듣고, 미국의 소설, 미스터리, SF를 읽고, 필름 누와르 영화를 봤습니다. 이런 음악, 소설, 영화 등 대중문화에 푹 빠져 있었습니다. 내가 예전에 좋아했던 것, 그리고 현재에도 계속 좋아하는 것에 대해서 말하고 싶었습니다."

『꿈꾸기 위해 매일 아침 나는 눈을 뜹니다』는 무라카미 하루키가 세계 각국에서 가진 인터뷰를 모은 책이다. 그중에서 프랑스인 인터뷰어의 "당신 작품에는 서양 대중문화에 대한 언급으로 가득합니다. (중략) 이건 미시마 유키오, 가와바타 야스나리, 다니자키 준이치로 등에 의해서 체현되어온 전통적인 일본문학과 결을 달리하기 위한 수단인가요?"라는 질문에 대해서 하루키는 위와 같이 밝혔다.

음악에서 소설 쓰는 법을 배웠다는 것 또한 여러 인터뷰에서 말한 바 있다. 미국의 한 젊은 작가가 "음악은 글을 쓸 때 도움이 되나요?"라는 질문에 이렇게 대답했다.

"저는 열서너 살 때부터 재즈를 열심히 들었습니다. 음악은 제게 많은 영향을 끼쳤습니다. 코드나 멜로디나 리듬, 그리고 블루스 감각 같은 것들이 제가 소설을 쓸 때 매우 도움이 됩니다. 저는 사실 음악가가 되고 싶었던 것이 아닐까 싶습니다."

하루키 작품에서 음악이 무시할 수 없는 주요 요소라는 것, 보기에 따라서는 소설의 본질과도 관련되어 있다는 사실은 잘 알려져 있다. 하루키에 열광하는 독자라면 "그런 거라면 말할 필요도 없이 이미 오래전부터 잘 알려진 사실이잖아"라고 말할지도 모르지만, 문학이라는 약간 치우친 시선의 세계에서는 딱히 그렇지도 않다.

『바람의 노래를 들어라』를 예로 들어보겠다. 1979년에 발표된 무라카미 하루키의 이 데뷔작에는 비치 보이스의 〈California Girls〉라는 곡의 이름이 다섯 번 등장하고, 가사가 두 번 인용된다. 두 번이나 인용했다는 것은 강조했다는 뜻이다.

하지만 문학계 인사들은 무라카미 하루키와 그토록 열렬히 토론했으면서도 이 곡이 소설에서 어떤 의미를 지니고 어떤 역할을 하는지에 대해 오랫동안 거들떠보지 않았다. 『바람의 노래를 들어라』와 〈California Girls〉의 관계에 대해 고찰한 논문이 등장한 것은 소설 발표로부터 무려 20년 후인 1999년의 일이다.

하루키가 인터뷰에서 "소설에 관해서는 마일스 데이비스가 롤모델"이라고 말했음에도 마일스를 다룬 '하루키론'은 당연히 존재하지 않으며, 마일스를 언급한 논평이 있는지조차 의심스럽다.

하루키가 좋아하는 것들 중 필두주자라 할 수 있는 음악가에 대한 취급조차 이러하니, 음악과 관련된 다른 것들은 어떠할지 뻔하다.

이 책은 무라카미 하루키의 소설에 등장하는 다양한 음악을 정리하고, 그 음악을 해설하면서 하루키 작품에서의 의미나 역할, 작가와의 연결고리를 알아보려는 기획에서 시작된 약간은 특이한 음악 가이드다. 무라카미 하루키의 소설을 장식하는 음악을 장르별로 스무 곡씩 엄선해서, 다섯 명의 평론가가 리뷰했다.

하루키 작품을 읽다 보면 장르에 따라서 음악이 등장하는 방법에 명확한 차이가 있다는 사실을 알 수 있다. 재즈라면 재즈, 록이라면 록, 장르마다 작가가 의탁한 정신이나 상징이 있으며, 암시하고자 하는 의미 또한 제각각이다. 그래서 록, 팝, 재즈, 클래식의 네 장르로 구분하기로 했다.

또한 하루키 작품에서는 시대에 대한 의식이 1980년대를 경계로 이전과 이후로 명확히 구분되어 있다. 작품으로 말하자면 『댄스 댄스 댄스』가 그 기준점이라 할 수 있으며, 음악에 대한 의식이나 태도에도 마찬가지로 경계가 엿보인다. 따라서 앞의 네 장르에, '1980년대 이후'라는 구분을 두어서 총 다섯 장르로 구분했다. '1980년대 이후'를 장르라고 부르기에는 어폐가 있지만, 소설 주제의 변천을 다룸에 있어서 반드시 필요하다고 보았다.

각 장르의 평론은 감수자인 내가 신뢰하는 사람들에게 의뢰했다. 문학과 음악 양쪽에 정통해야 한다는 전제로 찾았지만, 주제가 주제인 만큼 음악 쪽에 중점을 둔 인선이 되었다.

'재즈' 담당인 오타니 요시오는 색소폰 연주자이자 음악 비평가다. 특히 『버클리 프랙터스 메써드』를 해석한 『우울과 관능을 가르친 학교』나, 마일스 데이비스를 다각적으로 평론한 『M/D 마일스 듀이 데이비스 3세 연구』를 비롯하여 재즈 뮤지션 기쿠치 나루요시와의 일련의 컬래버레이션은 재즈 비평, 나아가서는 음악 비평에 파문을 일으키고 그 후의 흐름을 바꾼 획기적인 작업이었다.

'팝' 담당인 오와다 도시유키는 허먼 멜빌을 연구하는 미국 문학 연구자인데, 언제부터인가 연구의 축이 음악 쪽으로 옮겨가서 현재는 음악 연구 쪽에서 오히려 더 명성이 높을지도 모른다. 산토리 학예상을 수상한 『미국 음악사』는 백인이 흑인 분장을 하고 출연하는 민스트럴 쇼를 기점으로, 미국 음악을 자기 표현이 아니라 타자로 '위장'하는 욕망의 문화로 봄으로써 미국 음악 역사관을 쇄신시킨 획기적인 연구서다.

'클래식' 담당인 스즈키 아쓰후미는 '글장수'를 자처하지만, 권위적인 클래식 평론을 비판하며 진정한 음악 비평에 대해 고찰하는 『클래식 비평 철저 해부』라는 독특한 저작으로 명성을 얻었다. 일반적인 클래식 비평도 쓰고 있지만, 내 견해로는 음악이 우리 의식에 현현하는 그 방식에 천착하는 듯이 보인다. 어떤 의미로는 하루키적인 관점이라 할 수 있을지도 모른다.

'록' 담당인 후지이 쓰토무는, 서평가 도요자키 유미 씨가 익명 서평으로 '서평왕'을 결정하는 강좌에서 서평왕을 차지한 인물이다. 내가 게스트로 참여했을 때였는데 나도 그의 서평에 최고점을 주었다. 그 일을 계기로 이야기를 나누어보니 음악에도 상당히 조예가 깊어서 "현재 이런 기획을 준비하고 있는데 참여하지 않겠냐"며 스카우트했다. 도요자키 씨가 말하기를 "일본에서 서평을 가장 잘 쓰는 샐러리맨"이란다.

'1980년대 이후' 담당인 나 구리하라 유이치로는 문학이나 음악, 경제학 등에서 잡다하게 집필하고 있는 문필가다. 장르를 막론하고 '사실은 A인데, B라는 예단이나 상식이 그것을 의심하는 행위를 방해할 정도로 널리 알려져 있는 사상에 대해서' "사실은 A라니까요!"라며 데이터나 논리를 구사해서 선입견을 뒤집는 일에 흥미를 느낀다. 이런 사실을 최근에야 알아차렸다. 하루키에 대해 흥미를 품은 것 또한 그런 면이 강하다.

이상 다섯 명으로 각 장르별 스무 곡, 합계 100곡에 대한 가이드를 집필했다. 각자의 가이드는 점이지만, 점을 이으면 선이 되고, 선을 이으면 면이 되고, 면이 겹쳐지면 입체가 된다. 무라카미 하루키라는 작가와 그의 작품 속에 숨겨져 있거나 놓쳤던 새로운 일면을 입체적으로 보여주어야겠다고 생각했다.

마지막으로 이 책은 사실 2010년에 같은 멤버가 모여서 쓴 『무라카미 하루키를 음악으로 읽다』를 재탄생시킨 것임을 밝혀둔다. 기획도 재구축하고, 원고도 거의 전면적으로 고쳐 썼기 때문에 책으로서는 완전히 다른 한 권이 되었다.

『무라카미 하루키를 음악으로 읽다』는 저작권사의 의뢰로 작업한 것이었다. 출판사는 '무라카미 하루키 소설에 등장하는 음악을 가볍게 소개하는 가이드북' 정도의 기획을 원한 것 같은데, 그렇다고 하면 인선에 엄청난 실수가 있었다 할 수 있겠다. 결과적으로 가벼움과는 완전히 다른, 상당히 심층까지 파고든 내용의 책이 만들어지고 말았다. 물론 우리로서는 의도한 바였다.

『무라카미 하루키를 음악으로 읽다』는 일부 독자에게는 높은 평가를 받아, 세계 각국에서 출판 제의가 들어오기도 했다.

평판이 나쁘지 않았다고는 하나 상업적으로 성공했다고는 할 수 없어서 사실상 절판이 되었다. 외국에서 번역서가 출판되는데 그 원작이 존재하지 않는다는 사태는 그다지 바람직하지 않고, 책의 완성도에 부족함이 있다고 생각하는 점도 있어서 아예 새롭게 다시 만든 책이 바로 이『무라카미 하루키의 100곡』이다.

『무라카미 하루키를 음악으로 읽다』는 음악이 주제인데, 성격이나 체재로는 거의 문학 평론서처럼 되었다. 문학 평론서의 경우 시장도 좁고, 독자층도 상당히 한정된다. 쉽게 말하면 해당 업계의 프로나 마니아밖에 읽지 않는다. 더불어 문학 평론가나 마니아의 수는 계속 줄고 있는 상황이다.

무라카미 하루키 독자가 대상이면서 문학 평론처럼 된 것은 기획자(나)의 실수라 할 수 있다. 첫째로 하루키 자신이 문학 평론 자체를 꺼리기 때문에 그 팬에게 어필조차 할 수 없었다.

조금 더 독자들에게 쉽게 접근할 수 없는 방법이 없을까 필진 일동과 편집자가 머리를 맞대고 의논한 결과, 앞서 설명한 접근법을 취하게 되었다.

주저리주저리 떠들어댔지만 결국 독자 여러분이 즐겨주신다면 다행이겠다.

그럼, 무라카미 하루키와 음악의 세계에 오신 걸 환영합니다!

(1장) **1980년대 이후의 음악** – 1960년대적 가치관의 소멸

2장 **록** – 손이 닿지 않는 곳으로

4장 클래식 – 다른 세계의 전조

5장 재즈 – 소리가 울려 퍼지면 사건이 발생한다

일러두기

1. 곡명, 영화는 〈 〉, 앨범, 오페라는 《 》, 단편, 논문은 「 」, 단행본, 잡지는 『 』로
   표기하였습니다.
2. 이 책에 등장하는 곡의 발표 연도 표기는 각 분야의 저자에 따라
   정규 앨범, 싱글 앨범, 곡 녹음 시기, 곡 발표 시기 등이 혼용되어 있음을 밝힙니다.
   (＊수록 앨범 아래 표기된 발표 연도 또한 이 기준을 따릅니다.)

▶▶ 1장

1980년대 이후의 음악

1960년대적 가치관의 소멸

토킹 헤즈 〈I Zimbra〉

수록 앨범
《Fear of Music》
1979년

토킹 헤즈는 1977년에 앨범 《Talking Heads: 77》로 데뷔했다. 뉴웨이브, 펑크의 선구자적인 존재로 평단과 팬들에게 각인된 후, 1980년 네 번째 앨범 《Remain in Light》에서 혁신적인 실험을 성공시킨다. 모든 수록곡이 코드 진행 없이 하나의 코드를 반복하며, 그것을 아프로비트의 그루브로 담는 대담한 시도였다. 이 혁신적인 시도는 코드 진행이라는 긴장과 해결로 전개하는 백인 음악의 대원칙에서 현저하게 일탈했을 뿐만 아니라, 그루브를 얻기 위해서 흑인 세션들을 다수 채용하는 '금지된 방법'을 사용했다는 점 때문에 찬반 여론이 팽팽했다. '백인에 의한 흑인 음악의 약탈', '록 정신에 어긋나는 행위'라는 말도 있었다. 이제 와서 돌아보면 정말 바보 같은 토론이지만, 당시에는 상당히 진지하게 다루어진 문제였다.

토킹 헤즈는 사실 세 번째 앨범 《Fear of Music》에서 이미 아프로비트 도입을 시도한 바 있다. 첫 번째 곡인 〈I Zimbra〉 또한 코드 진행이 아니라 그루브로 이루어진 곡이었다. 《Remain in Light》에 대한 복선이었다고 보아도 좋을 것이다. 토킹 헤즈의 이 비서양적인 그루브 지향은 '포스트 펑크' 등으로 불렸다.

무라카미 하루키의 『댄스 댄스 댄스』에서 일단 눈길을 끄는 장면은 주인공인 '나'가 라디오에서 흘러나오는 인기 차트의 음악을 모조리 혐오한다는 것이다. "형편없다고 나는 생각했다. 10대에게서 푼돈을 뜯어내기 위한 쓰레기 같은 대량 소비 음악"이라는 식으로 말이다. 무대는 1980년대, MTV의 시대다.

그런 가운데 토킹 헤즈의 《Fear of Music》이 부정적이지는 않은 형태로 불쑥 등장한다. 무엇이 토킹 헤즈를 동시대의 '쓰레기 같은 대량 소비 음악'과 차별화시킨 것일까?

『댄스 댄스 댄스』는 작가의 초기 3부작인 『바람의 노래를 들어라』와 『1973년의 핀볼』, 『양을 둘러싼 모험』의 속편에 해당한다. 초기 3부작이 주인공 '나'가 1970년대라는 시대를 어떻게 살았는지를 묘사했다면, 『댄스 댄스 댄스』는 1970년대를 헤쳐 나온 '나'가 1980년대라는 시대를 어떻게 살아갈 것인가 하는 방향을 찾는 것이 목적이라고 하루키는 인터뷰에서 밝혔다.

"그가 1980년대를 어떻게 살아갔는지 나 스스로 알고 싶었다. 순수하게 흥미가 생겼다."(『데이즈 재팬』1989년 3월호)

여기서 열쇠가 되는 것이 '1960년대적 가치관'이다. 이는 하루키 자신이 한 말로, 1970년대와 1980년대는 이 1960년대적 가치관이 '아직은 유효했던 시대'와 '더 이상 통하지 않게 된 시대'로 하루키 월드 안에서 확연하게 구분되어 있다. 1960년대적 가치관이란, 밥 딜런이나 비치 보이스, 도어스나 비틀스와 같은 하루키의 아이돌이 불러일으킨 가치관을 뜻하며, 초기 3부작은 어떤 의미로는 그들에 의해 체현된 1960년대적 가치관이 마모되어 가는 프로세스를 그린 작품군으로 볼 수 있다.

『댄스 댄스 댄스』서두에서 MTV적인 음악을 매도하는 것은 1960년대적 가치관이 완전히 사라진 사실에 대한 저주인 것이다.

그 저주를 피해간 《Fear of Music》에는 마모된 1960년대적 가치관을 대신하는 가치관에 대한 기대, 혹은 예감이 부여되어 있다고 할 수 있다. 그 기대와 예감은 '펑크·뉴웨이브'라는 상당히 짧은 시간 안에 사라져버린 '움직임의 활로'를 비서양 그루브에서 찾으려 한 포스트펑크의 의지와 일치한다.『댄스 댄스 댄스』에서 갈 곳을 잃고 방황하는 '나'에게 양사나이는 이렇게 충고한다.

　"춤춰."

브루스 스프링스틴 〈Hungry Heart〉

수록 앨범
《The River》
1980년

『댄스 댄스 댄스』의 '나'는 유키와 함께 온 하와이에서 스프링스틴의 〈Hungry Heart〉가 라디오에서 흘러나오는 것을 듣고 이렇게 생각한다.

"좋은 노래다. 세상도 아직 포기할 것은 아니다. DJ도 이것은 좋은 노래라고 말했다."

MTV적 히트곡을 비난했던 '나'가 스프링스틴을 칭찬한다는 사실에 독자는 고개를 갸웃하며 이렇게 생각할 것이다. '〈Born in the U.S.A.〉 같은 체제 영합적인 노래를 불러서 레이건에게 이용당했던 녀석이 좋다고?'

『의미가 없다면 스윙은 없다』에서 하루키는 스프링스틴을 거론하며 그런 인식은 잘못되었다며 공들여 설명한다. 스프링스틴은 대변자가 없었던 미국의 노동자 계급에게 대변자와도 같은 독특한 존재이자, 그 작품 세계는 레이먼드 카버의 소설과 궤를 같이 한다고 말이다.

스프링스틴은 뉴저지 주 북동부 프리홀드에서 태어났다. 제조업의 호황과 함께 번성했으나 제조업이 쇠퇴하면서 몰락한 러스트 벨트가 바로 그곳이다. 1973년 데뷔 당시에는 밥 딜런을 모방한 듯한 느낌이었지만, 금세 노동자 계급의 심정을 노래하는 가수로 입지를 굳혔다.

⟨Hungry Heart⟩는 1980년에 발표한 두 장짜리 앨범 《The River》에 수록된 곡으로, 어둡고 굴절된 가사를 가진 이 곡을 몇만 명의 관중이 공연장에서 합창한다는 사실(그것도 외워서)에 무라카미 하루키는 깜짝 놀랐다.

아직도 오해하는 사람이 많지만, ⟨Born in the U.S.A.⟩ 역시 미국을 찬양하는 노래가 아니다. 오히려 그 반대로, "죽을 때까지 구원도 출구도 없다는 것, 그것이 미국에서 태어난다는 것이다"라는 절망을 상기시키는 노래다. 하지만 다양한 사건과 오해가 겹쳐져서 의도와는 다르게 거대한 히트곡이 되어 사회 현상으로까지 발전하게 되었다. 그 결과 스프링스틴 자신의 활동에도 그림자를 드리웠다. 『노르웨이의 숲』이 출간된 후 여러 사회

현상을 일으킨 것과 비슷하다.

하루키의 스프링스틴(과 카버) 해석에서 또 한 가지 재미있는 사실은, 미국의 카운터 컬처는 그 근원이 비트닉(Beatnik)이나 히피 운동, 반전 운동에 있으며, 그것들은 이윽고 포스트모더니즘으로 귀결되었으나, 이 두 사람은 그 지점에서 벗어나 있었기 때문에 1980년대에 리얼리티를 가질 수 있었다는 지적이다.

"요컨대 당시 그들에게는 그와 같은 운동에 관여할 만한 여유가 없었다", "그들의 때 묻지 않은 세계관은 카운터 컬처가 거의 괴멸상태에 빠진 1970년대 중반에 이르러 서서히 설득력을 발휘하기 시작한다."

식자 계층이 담당하던 카운터 컬처가 대중의 현실에서 괴리되어 사라져 가는 흐름은, 양상은 다르지만 기본적으로는 일본과도 일치한다고 할 수 있다. 스프링스틴이나 카버의 카운터 컬처와의 거리감은 무라카미 하루키가 학생운동에 거리를 두게 된 것과 닮았다. 뉴아카데미즘(1980년대 초에 일본에서 발생한 인

문학, 사회과학 영역에서의 유행이나 조류를 뜻함. '대학'이라는 폐쇄된 영역에서의 '지'를 '소비재'로서의 '지'로 전파하기 위한 학술 운동 – 옮긴이) 계열 비평가들이 한 사람도 빠짐없이 하루키를 비난하며 거부한 사실과도 일맥상통한다.

스프링스틴에 대한 평가의 실상을 알게 되면, 단편 「풀 사이드」에서 주인공이 러스트 벨트의 절망을 노래한 빌리 조엘의 ⟨Allentown⟩을 듣고, ⟨Allentown⟩이 수록된 《The Nylon Curtain》 앨범까지 구입하는 것이 사실은 하루키의 의도된 선택이었다는 것을 알 수 있다. 지금껏 보여온 하루키의 의식의 흐름을 고려한다면, 미국의 지난 대통령 선거와 백인 노동자의 관계에 관해서도 생각하는 바가 적지 않을 텐데, 이렇다 할 발언은 없었다. 트럼프 대통령 탄생 후에 출간한 『기사단장 죽이기』에도 《The River》는 등장하나, 그 쓰임새는, '나'가 이 앨범은 CD가 아니라 LP로 들어야 한다는 감상을 늘어놓는 소도구 정도에 머무른다.

빌리 브래그 & 윌코 〈Ingrid Bergman〉

003 ▶

수록 앨범
《Mermaid Avenue》
1998년

　〈Ingrid Bergman〉은 포크송의 창시자 우디 거스리의 미발표 유작 가사에 영국 출신 싱어송라이터 빌리 브래그가 곡을 붙이고, 미국 밴드인 윌코와 함께 녹음한 곡으로, 《Mermaid Avenue》에 수록되어 있다. 수록곡은 모두 거스리의 미발표 가사에 브래그와 윌코 멤버가 곡을 붙인 것이다.

　1998년 발표된 앨범은 높은 평가를 받으며 그래미 상에도 노미네이트되었다. 2000년에는 《Mermaid Avenue Vol.II》가 발매되었고 이 또한 크게 히트했다. 그리고 거스리 탄생 100주년인 2012년에 총집편인 《Mermaid Avenue: The Complete Sessions》가 발표되었다.

　우디 거스리는 1950년대 이후, 매카시즘과 지병 때문에 가수 활동을 계속할 수 없었지만, 1967년에 사망할 때까지 창작을 계속하여 대량의 미발표 곡을 남겼다. 대부분이 가사였다. 우디 거스리의 딸인 노라 거스리가 유고에 곡을 붙여달라고 브래그에게 부탁한 것이 이 앨범의 시작이었다고 한다.

하루키는 『의미가 없다면 스윙은 없다』와 『무라카미 송스』에서 《Mermaid Avenue》를 언급했다.

『의미가 없다면 스윙은 없다』는 마지막 장을 우디 거스리에게 할애했는데, 서두에서 《Mermaid Avenue》를 거론한다. 하루키의 흥미는 일단 거스리에게 있고, 그다음 정도로 윌코에게 있으며, 빌리 브래그에는 그다지 관심이 없는 듯하다. 그 책에서 '앨범이 나오면 일단 구입하는 뮤지션'으로 몇 팀인가가 거론되었는데 윌코도 그중 하나였다.

『무라카미 송스』는 하루키가 좋아하는 곡의 가사를 일역하여 코멘트를 달고, 와다 마코토가 일러스트를 덧붙인 '취미적인 책'인데, 그 책에서 〈Ingrid Bergman〉을 거론했다. 가사는 이렇다.

잉그리드 버그먼, 잉그리드 버그먼 / 스트롬볼리 섬에서 함께 영화를 찍읍시다 / 잉그리드 버그먼 / (중략) / 이 늙은 산도 오랫동

27

안 기다려왔어 / 당신이 불타오르게 해주기만을 / 당신의 손이
이 딱딱한 바위에 닿기를 / 잉그리드 버그먼, 잉그리드 버그먼

단번에 알 수 있듯이 성적인 은유를 담은 찬가인데, '스트롬
볼리 섬'을 무대로 함으로써 버그먼의 정치성을 칭송하는 것이
라고 하루키는 해설한다. 로베르토 로셀리니 감독의 영화 〈스트
롬볼리〉의 주연을 맡은 버그먼은 그와 불륜에 빠져 아이를 임신
하고, 할리우드를 버리고 이탈리아로 건너가 그와 함께 사회를
고발하는 영화를 만드는 길을 선택한다. 그 사실이 '스트롬볼리
섬'이라는 단어에 함축되어 있다.

거스리에 대한 평론에서는, 소설에서는 읽어내기 힘든 하루
키의 정치의식이 그대로 투영되어 있다는 점이 흥미롭다. 거스
리는 공산당 강령을 맹신하는 뼛속 깊은 노동 운동가이자, 노
동자의 애환을 대변하고자 노력했다. 음악 또한 그들의 고통을
어루만져주기 위한 도구나 무기로서 사용한 면이 강했다. 브래

그는 거스리의 민중 운동가적인 면모에 강하게 심취한 것 같다.

하루키도 거스리에게 깊게 공감하는 듯하다. 예루살렘 상 수상 연설문에서 "벽과 알이 있다면 저는 언제나 알의 편에 서겠습니다"라고 말한 하루키이기 때문에 당연하다면 당연하다고 할 수 있지만, 그보다는 거스리의 복잡한 인격에 대한 흥미가 더 큰 것으로 보인다. 하루키는 이상과 현실이 괴리되어 다소 다중인격으로도 보이며, 대중에게 인식되는 모습에 맞추는 듯 연극적이기도 했던 거스리를 리버럴한 사람들처럼 성인 취급하지는 않는다.

오히려 그는 심플하고 직설적이며 이상주의적인 노래에 영원한 생명을 부여한 거스리의 음악적 재능을 칭송한다. 갖은 재능을 갖고 있었음에도 풍파를 견뎌내지 못한 그의 이상. 이제는 그 이상을 수많은 뮤지션에게 계승시켜서 널리 이름을 떨치는 음악가의 모습을 하루키는 높이 평가하고 있다.

스가 시카오 〈사랑에 관해서〉

수록 앨범
《Family》
1998년

무라카미 하루키의 소설에는 일본의 록이나 팝, 가요는 거의 등장하지 않는다. 등장한다 해도 시대의 분위기를 풍기는 기호에 불과할 뿐, 그 이상으로 다루어지지는 않는다. 예를 들면 이런 식이다.

"마치(곤도 마사히코. 1980년대 남자 아이돌 - 옮긴이)니 마쓰다 세이코(1980년대의 톱 아이돌. 여전히 왕성하게 활동 중 - 옮긴이) 같은 건 한심해서 들어줄 수가 없어. 폴리스가 최고야. 하루 종일 들어도 질리지 않지."(『세계의 끝과 하드보일드 원더랜드』)

『의미가 없다면 스윙은 없다』는 하루키의 첫 본격 음악 평론집인데, 브라이언 윌슨, 슈베르트, 스탠 게츠, 우디 거스리 같은 이름들과 함께 스가 시카오가 거론되어서 깜짝 놀랐다. 『애프터 다크』에 스가 시카오의 〈폭탄 주스〉를 등장시켜서 의아하게 생각한 적이 있는데, 세븐일레븐에서 그 곡이 흘러나오고 있었다는 묘사가 있는 것만으로도 종래의 일본 음악에 대한 취급과는 차이가 있음을 알 수 있었다. 그렇다고는 하나 하루키가 스가에 대해 길게 평론한 사실은 상당히 의외였다.

하루키가 스가를 들은 계기는 스가의 첫 번째 앨범《Clover》의 데모 CD가 우편으로 배달되었기 때문이라고 한다. "왜 이 CD를 우리 집으로 보냈는지 잘 모르겠다. 데모 CD를 받는 일은 좀처럼 없다 보니"라고 적었는데, 스가가 직접 보낸 모양이었다. 스가는 하루키의 열렬한 팬이다.

이후 두 사람은 좋은 관계를 이어갔고, 2016년에 나온 스가의 앨범《The Last》에 하루키가 약 3천 자 정도의 해설을 기고하기도 한다.

하루키는 스가의 장점으로 멜로디 라인이나 코드 진행에서 느껴지는 '개인적 관용구'의 독자성, 훌륭한 어레인지, 정해진 패턴에 기대지 않는 가사 같은 요소에 착안해서 논평하는데, 가사에 대한 심도 있는 독해를 시도한 점이 특히 눈에 띈다. 언어의 선택이나 그에 의해서 만들어지는 감촉에 대해서 심미적으로 평가하는, 평소에는 볼 수 없던 하루키가 있다. 대중가요를 가사에 집중에서 평론하는 점이 진귀하기도 하고, 보기에 따라서는 음악 평론가처럼 보이는 이 평론 방식은 하루키가 쓴 모든 글 중에서도 상당히 이질적이다. 하루키의 평론은 소설과는 달라서 기본적으로 충실하다. 음악 프로듀서 마쓰오 기요시는 스가의 가사에 관해서 하루키에게서 영향받은 '하루키 칠드런'이라고 규정하기도 했다.(웹사이트 '마쓰오 기요시의 멜로한 가요' POP 제6곡 : 스가 시카오 〈사랑에 관해서〉)

하루키가 스가를 칭찬한 근간에는 스가의 음악이 가요나 JPOP의 제도 혹은 냄새 같은 것에서 철저하게 벗어나 있다는 점이 자리한다. "내가 헤드폰을 끼고 JPOP 신곡의 바다를 밀어 헤치듯이 체크할 때마다 드는 생각은 '뭐야, 아무리 새 옷을 입고 있어도 결국 알맹이는 리듬이 있는 가요잖아' 하는 것이다." 하지만 스가는 다르다. 가요 같은 것의 마수가 슬며시 다가오기 쉬운 느린 곡이어도 "'가요 방향'으로 스르륵 흘러가지 않는다"

라고 평했다.

　뮤지션이자 음악 평론가인 지카다 하루오도 일찍이 스가를 높게 평가했는데, 〈사랑에 관해서〉가 8소절 루프 코드 진행으로 구성되어 있고, 가요 같은 후렴구를 의식적으로 피했다고 지적한 뒤 이렇게 적었다. "나는 항상 JPOP에서 가장 뒤떨어진 것은 '후렴구 개념'이라고 생각했다. 그곳에 도달하기까지 아무리 금욕적이었어도 후렴구에 들어선 순간 엄청 화려한 '예정 조화'에 이르게 된다. 아무리 모던함을 가장해도 그 방식은 구시대의 POP이나 마찬가지다. (중략) 스가 시카오는 그것을 잘 알고 있으며, 같은 루프를 반복하면서도 듣는 이를 지루하게 하지 않는 곡을 만든다."(『생각하는 히트2』)

　코드 진행에 한정된 이야기지만, 하루키와 지카다는 스가에 대해서 같은 사실을 말하고, 같은 사실을 칭찬한다. 그것은 〈I Zimbra〉 이후 토킹 헤즈가 시도하고자 한 것(반복과 원 코드의 차이는 있지만)과 본질적으로 같다.

마이클 잭슨 〈Billie Jean〉

005 ▶

수록 앨범
〈Thriller〉
1982년

무라카미 하루키는 〈Thriller〉 뮤직비디오에서 아이디어를
얻어서 「좀비」라는 단편까지 썼으면서 마이클 잭슨에게는 냉담
했다. 그리고 오로지 〈Billie Jean〉만 인용한다.

예를 들어 『댄스 댄스 댄스』에서는 이렇다. 남는 시간을 주체
하지 못하던 '나'는 고대 이집트를 무대로 고탄다와 조디 포스
터가 사랑에 빠지는 흡사 영화 같은 망상에 빠진다. 그곳에서
두 사람 사이에 마이클 잭슨이 난입한다.

"그는 사랑 때문에 에티오피아에서 사막을 넘어 멀리 이집트
까지 왔다. 캐러밴의 모닥불 앞에서 탬버린인가 무언가를 들고
〈Billie Jean〉을 부르고 춤추면서."

『1Q84』에서는 수도 고속도로에서 차량 정체에 빠진 아오마
메가 비상계단을 통해 국도 246호선으로 내려가려는 장면에서
"스트립쇼 무대" 같은 상황을 나타내는 배경음악으로 흘러나오
기도 한다.

〈Billie Jean〉의 가사는 상당히 뜬금없다. '나'는 영화 속에서

등장 작품
「댄스 댄스 댄스」
「태엽 감는 새」
「1Q84」

빠져나온 듯한 미녀 '빌리 진'을 알게 되고, 빌리 진은 그녀의 아이를 '나'의 아이라고 주장하며 '나'를 함정에 빠뜨린다는 내용인데, "조심해, 거짓은 진실이 되니까"라는 구절이 눈에 띈다. 『1Q84』의 테마가 이 구절과 상관성이 있는 것처럼 보이므로 두 사실을 연결 짓고자 하는 경향이 있는데, 그것은 너무 깊이 들어간 해석이 아닌가 싶다.

포인트는 아마도 『댄스 댄스 댄스』 후반에 등장하는 "마이클 잭슨의 노래가 청결한 역병처럼 세상을 뒤덮었다"라는 표현에 있다. 『댄스 댄스 댄스』에서는 1980년대라는 시대가 다양하게 형용되는데, 그중 하나로 철학이 '소피스티케이트(Sophisticate)'된 시대라는 표현이 있다. 널리 펼쳐진 자본의 망에 의해서 모든 가치가 세분화·상대화되어버린 세계라는 의미다. "그런 세상에서는 철학이 점점 경영 이론을 닮아갔다."

"청결한 역병"과 "소피스티케이트된 철학"은 거의 같은 것을 말한다. "그런 세상"을 상징하는 것으로 〈Billie Jean〉이 뽑힌 것이다.

제네시스 〈Follow You Follow Me〉

006 ▶

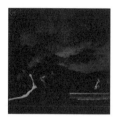

수록 앨범
《…And Then There Were Three…》
1978년

"제네시스—이 또한 한심한 이름의 밴드다. (중략) 기원. (중략) 록밴드들은 왜 그런 거창한 이름을 붙이지 않고는 못 견디는 걸까?"

'이 정도면 샌드백 아닌가?' 싶을 정도로 『댄스 댄스 댄스』에서 비난의 화살을 가장 많이 맞은 것이 제네시스일 것이다. 『댄스 댄스 댄스』에서 '나'가 디스한 것은, 당연히 피터 가브리엘 탈퇴 후 필 콜린스가 리드 보컬이자 밴드의 얼굴이 된 《…And Then There Were Three…》 이후 대중적인 노선으로 변모한 제네시스다.

제네시스의 대중 노선이 최고조에 도달한 것은 《Invisible Touch》로 빌보드 싱글 차트 1위, 앨범 차트 3위를 획득한 1986년의 일이다. 《…And Then There Were Three…》에서 싱글 컷된 〈Follow You Follow Me〉는 빌보드 싱글 차트 23위, 영국 싱글 차트 7위에 머물렀지만, 미국 정상을 향한 포석은 이때 이미 깔려 있었다. 필 콜린스가 몹시도 산뜻하게 "나는 너를

등장 작품
『댄스 댄스 댄스』

따라갈게, 너도 나를 따라와"라고 노래하는 러브송으로, 그때까지의 팬 입장에서는 질색할 만하다. 노선을 바꾸었다고는 해도 《…And Then There Were Three…》는 전체적으로 보면 복잡한 구성에 드라마틱한 전개를 갖춘 프로그레시브 록다움을 남긴 앨범이었다.

『댄스 댄스 댄스』의 '나'가 1980년대에 혼을 판 제네시스에 대해 비난하는 것도 당연하다고 결론짓게 되는데, 사실 이야기는 좀 더 심플하다. '나'≒무라카미 하루키가 애당초 프로그레시브 록을 그다지 좋아하지 않은 것이 아닐까.

그런데 그 밖에도 비슷하게 트집을 잡는 밴드가 있다. "휴먼 리그. 바보 같은 이름이다. 왜 이렇게 의미 없는 이름을 붙이는 걸까", "애덤 앤트 (중략) 대체 왜 이렇게 한심한 이름을 붙이는 걸까." 음, 이에 대해서는 '나'≒무라카미 하루키의 마음을 알 것도 같다.

빌리 조엘 〈Allentown〉

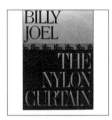

007

수록 앨범
《The Nylon Curtain》
1982년

　빌리 조엘의 인생은 우울했다. '해슬스'라는 뉴록 밴드로 데뷔했지만 인기를 얻지 못해 탈퇴했고, 해슬스의 드러머와 아틸라라는 헤비메탈 듀오를 결성하지만 역시 인기가 없었고, 솔로로 전향해서 앨범을 발매하지만 잘못 녹음된 채로 발매되어 역시 실패를 맛본다. 계속된 실패로 빌리 조엘은 우울증을 앓는다.

　레코드 회사를 바꾼 뒤로는 일이 순조롭게 풀린다. 《The Stranger》가 1천만 장이 넘는 초대형 히트를 쳐서 인생의 봄날을 맞이하나 했더니 매니저로서 빌리 조엘을 지탱해준 부인과의 사이가 틀어진 데다 오토바이 사고로 병원에 입원하기도 한다.

　《The Nylon Curtain》은 입원 중에 병원 커튼을 바라보면서 생각한 제목이라고 한다. 무기질적인 질감에 자신의 처지를 겹쳐보았는지 어쨌는지는 알 수 없지만 그때까지와는 다른 사회적인 주제를 담은 곡이다. 첫 번째 수록곡인 〈Allentown〉에서는 불황으로 폐쇄된 철공소와 그곳에서 일하는 노동자의 절망을 노래하고 있다. 타이틀곡인 〈Goodnight Saigon〉에서는 베트

등장 작품
「풀사이드」(「회전목마의 데드히트」)

남 전쟁에 파병된 병사들의 절망을 노래하고 있다. 당시 빌리
조엘은 30대 중반, 인생의 전환점을 찾으려 했던 것일지도 모
른다.

무라카미 하루키의 단편 「풀사이드」는 서른다섯 살이 되어
인생의 절반이 끝났다고 생각하는 남자의 이야기다. 그 나이 치
고는 충분할 정도로 성공해서 "무엇 하나 부족함이 없다"고 생
각하고 있음에도 '그'는 라디오에서 흘러나오는 〈Goodnight
Saigon〉에 눈물짓는다. 하지만 "왜 자신이 울고 있는지 그는 이
해하지 못했다." 바로 전에는 〈Allentown〉이 흐르고 있었다.

'그'는 어떤 마음이 드는지 확인하기 위해서 《The Nylon
Curtain》을 사려 한다. "왜 빌리 조엘의 LP 같은 걸 살 생각이
들었어?"라고 묻는 아내에게 "그는 웃으면서 대답하지 않았다."
소설 속에서 '그'는 빌리 조엘과 같은 세대로 설정되어 있다. 하
루키가 '그'에게 《The Nylon Curtain》을 들려준 것은 의도된
것으로, 그 열쇠는 '우울'일 것이다.

휴이 루이스 앤 더 뉴스 〈Do You Believe in Love〉

008

수록 앨범
《Picture This》
1982년

휴이 루이스 앤 더 뉴스는 MTV의 일각을 상징하는 스타디움 록의 전형 같은 밴드로,『댄스 댄스 댄스』의 '나'라면 혐오할 듯한데 무라카미 하루키는 이들에게 호의적이다. 작품 중에는『스푸트니크의 연인』과『1Q84』에 등장시킨 적이 있을 뿐인데,『더 스크랩』에서는 "줄곧 개인적으로 응원하고 있다"고 적었고,『무라카미 아사히도 스메르자코프 대 오다 노부나가 가신단』에서는 '휴이 루이스—R.E.M.—윌코' 이 라인이 자신에게 1980년대 이후의 미국 록이라고도 말했다.

『스푸트니크의 연인』에는 이런 식으로 등장한다. 스물다섯 살의 '나'는 세 살 연하인 스미레에게 연심을 품고 있는데, 스미레는 뮤라는 연상의 여성을 열렬히 사랑한다. 스미레는 뮤와 함께 간 그리스에서 소식이 끊긴다. '나'가 스미레를 생각하면서 유부녀 '걸프렌드'와 잔 후에 바에 가니, 스피커에서 "그리운 곡"이라며 흘러나온다.

하지만 그들의 곡이 히트한 것은 고작 "몇 년 전의 일"이라고

등장 작품
『스푸트니크의 연인』
『1Q84』

한다. '그립다'라고 하기에는 시기적으로 너무 가깝다. "최근까지 나는 틀림없이 성숙에 대한 불완전한 여정에 있었는데" 어느샌가 끝나고 지금은 "하나의 닫힌 서킷 속"에 있으며, "같은 곳을 빙글빙글 계속 돌고 있다"고 느낀다. 그 정신적인 단절이 '나'에게 시간의 흐름과는 다른 느낌의 그리움을 가져온 것이다.

이런 개념을 우리는 이미 접한 바가 있다. 「풀사이드」가 실린 『회전목마의 데드히트』의 첫머리에 적힌, 인생을 규정하는 '시스템'에 대한 무력감과 같다. 게다가 이 '시스템'은 『댄스 댄스 댄스』에서 양사나이가 "의미는 없지만 그래도 계속 춤출 수밖에 없어"라고 갈파한 '고도자본주의사회'와 같은 것이다. 휴이 루이스 앤 더 뉴스가 활약하는 것은 1980년대 이후지만, 정신성에 있어서는 '1960년대적 가치관'이 아직 유효하던 1970년대를 계승하고 있다는 것을 이 "그리움"이 시사한다.

샘 쿡 〈Wonderful World〉

수록 앨범
《The Wonderful World》
1960년

009 ►

『댄스 댄스 댄스』에서 열세 살의 미소녀 유키를 데리고 돌핀 호텔에서 도쿄로 돌아가려고 한 '나'는 폭설로 인해 공항에서 네 시간을 허비하게 되자, 시간도 때울 겸 기분 전환 삼아 렌터카로 유키와 드라이브에 나선다. 유키는 차 안에서 '나'가 렌터카 사무실에서 빌린 올드 팝 카세트테이프를 보더니 듣고 싶다고 말한다. 재생 버튼을 누르자 샘 쿡의 〈Wonderful World〉가 흘러나온다.

"좋은 곡이다. 샘 쿡. 내가 중학교 3학년 때 총에 맞아 죽었지."

'소울 음악의 발명자'라고도 칭송받은 샘 쿡이 죽은 것은 1964년. 호텔에 데려온 여자가 도망친 사실에 분노, 알몸에 가까운 상태로 관리인실에 들어가서 난폭하게 행동하다가 공포에 질린 여성 관리인의 총에 맞은 것이었다.

물론 샘 쿡은 "10대에게서 푼돈을 뜯어내기 위한 쓰레기 같은 대량 소비 음악"과는 대척점에 위치하는 음악으로 소환되었지만, '진정 훌륭한 음악'으로 칭송받고 있는가 하면 그것은 좀 다르다.

'나'도 유키와 같은 나이였을 때는 "로큰롤. 세상에 이 정도로 훌륭한 것은 없다고 생각했다." 하지만 지금은 그때만큼 "열심히 듣지 않"고 "감동하지 않는다." 예전에는 "시시한 것에도 사소한 것에도 마음의 떨림 같은 것을 허락할 수 있었다"고 하지만 더 이상 그렇지 않게 되었다고 말한다. 변한 것은 시대가 아니라 오히려 '나'의 정신이라는 것이다.

그럼에도 샘 쿡은 특별한 음악으로 인용되었다.

샘 쿡은 〈Wonderful World〉에서 역사, 생물, 과학 등 교과목을 늘어놓고, 그것들은 잘 모르겠지만 나는 내가 너를 사랑한다는 것을 알고 있다고 노래한다, 딱히 특별할 것 없는 러브송이다. 하지만 '흑인 공민권 운동'에도 참여했던 샘 쿡이 역사를 잘 모를 리가 없다. 실제로 이 곡은 루 애들러와 허브 앨퍼트 콤비가 작사, 작곡했지만, 가사는 샘이 개사한 것이다.

보비 다린 〈Beyond the Sea〉

010 ▶

수록 앨범
《That's All》
1959년

유키의 재촉으로 튼 올드 팝의 곡이 바뀔 때마다 '나'는 "버디 홀리도 죽었어. 비행기 사고", "보비 다린도 죽었어", "엘비스도 죽었어. 마약 남용"이라고 거듭 말한다. "모두 죽었어."

〈Beyond the Sea〉의 보비 다린만이 사인이 적혀 있지 않다. 1973년에 서른일곱 살의 나이로 일찍 세상을 떠난 그의 죽음은 지병인 심장 질환에 의한 것으로, 이른바 록스타나 팝스타스러운 죽음은 아니다. 하지만 음악계를 종단하듯이 삶을 서둘렀던 그의 음악 커리어는 어떤 면에서는 록스타보다도 '1960년대적 가치관'을 체현한 것이었다.

하루키는 보비 다린을 작품에 자주 등장시킨다. 스치듯 나오지만 존재감을 유감없이 드러내는 신스틸러처럼 말이다. 『1973년의 핀볼』, 『댄스 댄스 댄스』, 『스푸트니크의 연인』, 「하나레이 해변」(『도쿄기담집』)에서 그 이름을 확인할 수 있다.

아동기에 류머티즘열을 앓아서 심장에 폭탄을 안은 채 스물다섯 살까지밖에 살지 못할 거라는 의사의 선고를 받은 보비는 스물다섯 살이 되기 전에 유명해지겠다고 선언한다. 그는 스물셋의 나이로 세 곡의 밀리언셀러를 발표해서 자신의 예언을 실현한다. 엔터테이너로서 한 세대를 풍미한 이미지가 강한데, 1960년대에는 정치에 경도되어 포크나 프로테스트 송에 흥미를 갖기도 했다. 밥 딜런과 인기를 양분했지만 비극적인 최후를 맞이한 팀 하딘의 곡을 커버하거나 그에게 곡을 주기도 했다. 1968년에는 로버트 케네디 대통령 선거전에도 동행했지만 도중에 로버트 케네디가 암살되고 만다. 그 즈음 출생의 비밀(자신을 키워준 어머니가 사실은 외할머니고 누나가 친어머니였다 – 옮긴이)을 알게 된 보비는 이중의 충격을 받아서 은둔하게 된다.

1970년대에 활동을 재개하지만 심장은 착실히 악화된 상태였다. 인공 심장판막 수술로 간신히 목숨을 연명하지만, 결국 패혈증으로 사망한다.

2004년에 그의 생애를 그린 영화 〈비욘드 더 시〉가 상영되었다. 케빈 스페이시가 보비 역을 맡아서 열연했다.

R.E.M. 〈Imitation of Life〉

011

수록 앨범
《Reveal》
2001년

R.E.M.은 미국의 얼터너티브 록을 대표하는 밴드다. 데뷔는 1983년. 네 번째 앨범《Document》로 밀리언셀러를 달성하고, 1988년의 다섯 번째 앨범《Green》부터는 인디에서 메이저 레이블로 이적하여 확고부동한 빅네임이 되었다. 소개될 때는 "개러지 차트가 낳은 스타"라든가 "개러지 차트의 히어로"라는 수식어가 반드시 붙었던 기억이 난다. 2007년에 로큰롤 명예의 전당에 입성하지만 2011년에 해체되었다.

이 원고를 쓰면서 음원 스트리밍 사이트 '스포티파이'에서 그들의 디스코그래피를 쭉 훑었는데, 놀랍게도 거의 모든 앨범을 이미 들었다. "어라, 내가 이렇게 R.E.M.을 많이 들었던가" 하고 놀랄 정도였다. 들을 때마다 딱히 뭐라고 표현할 수가 없다고 생각하면서도 줄곧 들었다.

그들이 해산했을 때 음악 평론가인 다카하시 겐타로가 트위터에서 R.E.M.의 음악은 "레스 뮤지컬"이라고 평한 것을 보고 "아, 그런 거였구나" 하고 이해했다. 빌리 브래그가 한 말이라고

하는데, 음악적으로 후크적인 요소가 없으며 최종적으로 멜로디와 분위기 정도밖에 인상에 남지 않는다는 의미다.

『무라카미 송스』는 하루키가 좋아하는 곡의 가사를 가벼운 마음으로 번역한 책으로, 그 책에서 R.E.M.에 대해 "오랫동안 내가 가장 좋아하는 록밴드"라는 발언과 함께 〈Imitation of Life〉를 거론했다. 2001년에 《Reveal》에 수록된 곡이다. 하루키는 몇 번인가 R.E.M.을 언급했지만 소설에 등장시킨 적은 없다.

하루키는 좋아하는 이유를 "이 밴드가 만들어내는 음악에는 항상 제대로 된 '코어' 같은 것이 있고, 설령 스타일이 미묘하게 변화해도 그 코어가 변질되거나 이동하지는 않는다"고 서술했다. '레스 뮤지컬'과도 궤를 같이 하는 견해다.

라디오헤드 〈Kid A〉

012

수록 앨범
《Kid A》
2000년

『해변의 카프카』는 열다섯 살의 카프카 소년이 가출하는 것에서 이야기가 시작된다. 집을 나온 그는 라디오헤드《Kid A》와 프린스《Greatest Hits》, 존 콜트레인《My Favorite Things》라는 알 수 없는 조합의 곡들을 MD 워크맨으로 듣는다.

집에 돌아가고 싶지 않았던 카프카 소년은 학교가 끝나면 도서관에서 시간을 보낸다. 책을 읽는 것 말고도 시청각 부스에서 CD를 듣는다. "그곳에 있는 것을 오른쪽부터 순서대로 하나씩 들었다. 그렇게 해서 나는 듀크 엘링턴이나 비틀스나 레드 제플린의 음악을 만났다."

심야 버스로 다카마쓰에 도착한 카프카 소년의 발길은 역시 도서관으로 향한다. 소년의 MD 워크맨에는 녹음 기능도 달려 있었다. 라디오헤드, 프린스, 콜트레인은 다카마쓰에서 새롭게 녹음한 것일지도 모른다.

라디오헤드는 네 번째 앨범인 《Kid A》로 빌보드 앨범 차트 1위를 처음으로 달성한다. 데뷔 당시에는 그런지나 얼터너티브

록 밴드로 인식되었지만, 세 번째 앨범 《OK Computer》부터는 포스트 록이나 일렉트로닉적인 음향 탐구를 시작해서 《Kid A》에서는 더욱 추상적인 음향이 구축된다. 라디오헤드의 최대 개성은 리더이자 리드 보컬인 톰 요크의 내향적인 정신성에 있으며(괴팍하다고도 할 수 있다), 《Kid A》는 그 개성이 잘 드러난 앨범이다. 카프카 소년이 듣는 음악으로 딱이라 할 수 있다.

『해변의 카프카』 출간 당시 기한 한정 홈페이지 '소년 카프카'가 개설되었다. 독자가 보낸 메일에 하루키가 직접 답변한다는 취지였는데 그 수가 1220건에 이르렀다! 하루키가 독자와 주고받은 문답은 무라카미 하루키의 책임편집이라는 형태로 출간된 『소년 카프카』에 수록되어 있는데, 그중에서도 특히 라디오헤드에 반응한 독자가 많았다. 소설 속에서 단 두 번 등장했을 뿐인데 말이다. 하루키도 《Kid A》에 대해서 "멋진 앨범이에요. 만약 제가 열다섯 살이었다면 줄곧 그 앨범을 들었을 겁니다"라고 적었다.

프린스 〈Sexy M.F.〉

013 ▶

수록 앨범
《Love Symbol》
1992년

『해변의 카프카』의 카프카 소년은 라디오헤드 이상으로 프린스를 열심히 듣는데, 공감이 잘 되지 않는다. 굳이 말하자면 너무나도 당돌해서 붕 뜬 느낌이다.

『해변의 카프카』에서 구체적으로 등장하는 것은 두 곡이다. 먼저 〈Little Red Corvette〉은 1982년에 발매된 두 장짜리 앨범 《1999》에 수록된 곡으로, 싱글 컷되어 프린스로서는 생애 최초로 빌보드 싱글 차트 톱10에 입성했다. 아무하고나 자는 헤픈 여자를 빗댄 노래다.

〈Sexy M.F.(Mother Fucker)〉는 1992년의 《Love Symbol》(프린스가 만든 바로 그 독특한 로고가 타이틀이기 때문에 이렇게 불린다)에 수록된 곡으로, 싱글로도 발매되었다. 원래는 욕인 'Mother Fucker'를 반전시켜서 여성에 대한 찬사의 언어로 사용했는데, 당연하게도 비판이 쏟아졌다.

『해변의 카프카』는 오이디푸스 신화를 바탕으로 하고 있으며, 카프카 소년은 은유적인 부친 살해와 모친 간음을 범한다(어디까지나 은유적으로). 그런 소년이 〈Sexy M.F.〉를 듣는다는 것은 하루키의 선곡으로는 상당히 안이해 보인다.

카프카 소년은 프린스를 《Greatest Hits》 앨범으로 듣는다는 설정인데, 이런 타이틀의 베스트 앨범은 존재하지 않는다. 이 소설 발표 당시에 〈Little Red Corvette〉과 〈Sexy M.F.〉 두 곡이 수록된 베스트 앨범은 《The Hits/The B Sides》(1993년)뿐이다. 음악과 관련된 디테일에 주의해 다루어온 하루키인 만큼, 프린스에 대해서는 적당히 다루는 점이 눈에 띈다.

『해변의 카프카』는 작가의 분신이 아닌 주인공을 다룬 첫 장편으로(『스푸트니크의 연인』의 '나'는 아직 잔재가 있었다), 이 작품 이후, 음악의 선택과 역할도 변화한다. 프린스라는 선택은 그 경계에서 부상한 '틈'처럼 보인다.

셰릴 크로 〈All I Wanna Do〉

014

수록 앨범
《Tuesday Night Music Club》
1993년

하루키는 『의미가 없다면 스윙은 없다』에서 앨범이 나오면 반드시 구매하는 몇몇 가수와 밴드를 밝혔는데, 그중에 셰릴 크로가 있다. 소설에 등장시키는 일은 쭉 없다가, 최신작 『기사단장 죽이기』 서두에 아내에게서 이혼 선언을 당하고 집을 나온 '나'가 정처 없이 차를 몰 때 카스테레오를 켰더니 그녀의 데뷔 앨범 《Tuesday Night Music Club》이 들어 있었다는 장면이 나온다.

하루키가 셰릴 크로를 처음으로 언급한 것은 케임브리지에 머물던 1993년부터 1995년의 이야기를 다룬 에세이 『무라카미 아사히도 저널 소용돌이 고양이를 찾아내는 방법』 때로, 먼저 "최근 자주 듣고 있다"며 소개하고, 후반에서도 다시 한 번 화제로 삼는다.

이제는 잘 알려진 에피소드지만, 따로 싱글로 발매한 〈All I Wanna Do〉의 가사는 데뷔를 앞두고 좋은 가사가 없는지 찾던 셰릴 크로가 캘리포니아 주의 헌책방에서 찾은 시집에서 영감

II

등장 작품
「기사단장 죽이기」

을 받아 썼다고 한다(프로듀서가 찾아냈다는 설도 있다). 하루키가
그 시인의 인터뷰를 신문기사에서 보았다는 것이다.

"그가 상당히 오래전에 자신의 시집에 담아 발표했던 시인데,
그 시집은 그의 말에 따르면 '세상에서 나 이외에는 거의 아무
도 읽지 않았다'고 한다. 그리고 물론 입소문이 나는 일 없이 그
대로 어딘가로 사라졌다."

하루키는 이름을 밝히지 않았지만 이 시인은 와인 쿠퍼라는
사람으로, 시집 제목은 『The Country of Here Below』, 시의
원제는 「Fun」이다. 1987년에 출판된 그의 첫 시집은 500부밖
에 인쇄하지 않았다고 한다. 셰릴 크로 효과로 한 달도 안 되어
전년도 연수입 정도의 금액이 들어왔다고 하는데, 끝내 시집이
대형 출판사에서 재출간되는 일은 없었다.

듀란듀란 〈The Reflex〉

수록 앨범
《Seven and the Ragged Tiger》
1983년

등장 작품
『세계의 끝과 하드보일드 원더랜드』
『댄스 댄스 댄스』
『기사단장 죽이기』

『기사단장 죽이기』를 읽었는데 듀란듀란이 등장하기에 '또 내보내는 건가' 하고 웃고 말았다.

'나'가 아메다 마사히코의 볼보에 동승하는 장면에서 마사히코가 "1980년대의 히트송"을 튼다.

"듀란듀란이라든가 휴이 루이스라든가. ABC의 〈The Look of Love〉가 흘러나왔을 때 나는 아메다에게 말했다. (중략) '이 차 안은 진화가 멈춘 것 같아."

듀란듀란이 하루키의 작품에 등장한 이력은 오래되어 『세계의 끝과 하드보일드 원더랜드』에서 이미 집요하게 다루어졌다. 옴짝달싹할 수 없는 상황인 '나'의 옆을 경박한 커플이 닛산 스카이라인을 타고 달려간다. 카스테레오에서 마치 바보의 상징처럼 울려 퍼지는 것이 듀란듀란이다. 『댄스 댄스 댄스』에도 당연히 등장한다. "상상력이 결여된 듀란듀란"이라며 버리듯이 사용하고 끝이다. 하지만 하루키가 보이 조지를 어떤 식으로 다루는지 생각하면 듀란듀란은 그나마 나은 편이라고 할 수 있다.

컬처 클럽 〈Do You Really Want to Hurt Me〉

수록 앨범
《Kissing to be Clever》
1982년

등장 작품
『댄스 댄스 댄스』

　『댄스 댄스 댄스』에서는 1980년대 음악을 쓰레기 취급하는데, 그중에서도 특히 비난하는 것이 컬처 클럽의 보이 조지다. 구류되었다가 풀려난 '나'에게 유키가 "경찰은 재미있었어요?"라고 묻자 "보이 조지의 노래와 같은 정도로 끔찍했어"라고 대답한다.

　"공주님"이라고 불린 사실에 분노한 유키는 '나'에게 두 번 다시 그렇게 부르지 말라고 다그친다. '나'는 순순히 받아들이지만 사죄의 말은 다음과 같다. "보이 조지와 듀란듀란을 걸고 맹세할게." 유키를 격려할 때조차 이렇게 말한다. "보이 조지처럼 노래를 못하는 데다 여장남자에 비만인 사람도 스타가 되었잖아. 노력이 전부야."

　너무 분위기를 탄 나머지 딴 길로 샌 『댄스 댄스 댄스』이지만, 보이 조지에 대한 취급은 지나치게 악랄하다. 작가도 그렇게 생각한 모양이다. 유키의 입을 빌려서 "왜 그렇게 보이 조지만 눈엣가시처럼 생각하는 거죠?"라고 딴지를 걸 정도니까.

블랙 아이드 피스 〈Boom Boom Pow〉

수록 앨범
〈The E.N.D〉
2009년

등장 작품
『여자 없는 남자들』(『여자 없는 남자들』)

　이런 책을 쓰고 있을 정도니 하루키의 신작을 읽을 때는 나오는 음악을 메모하는 것이 기본처럼 되었는데, 『여자 없는 남자들』은 마지막에 꽤 놀랐다. 마지막에 실린 표제작에 고릴라즈와 블랙 아이드 피스(이하 BEP)라는 의외의 이름이 등장했기 때문이다.

　문맥은 이렇다. '나'에게 모르는 남자에게서 아내가 죽었다는 전화가 걸려온다. 엠이라고 불리는 그녀는 예전에 '나'가 사랑했던 여성으로, 현실에서는 그렇지 않았지만 열네 살 때 만났을 여자였다. '나'는 엠과 2년간 깊이 사랑하다 헤어졌다. 그리고 '나'는 '여자 없는 남자들'이 되었다. 엠은 퍼시 페이스 오케스트라 등 '엘리베이터 음악'을 사랑했으며, 드라이브나 섹스할 때에도 그런 종류의 음악을 카세트테이프로 틀었다. 엠을 잃은 '나'는 엘리베이터 음악도 잃고서 이제는 차를 운전할 때 카세트테이프가 아니라 ipod으로 고릴라즈나 BEP를 듣는다.

고릴라즈 〈Feel Good Inc.〉

수록 앨범
《Demon Days》
2005년

등장 작품
「여자 없는 남자들」(「여자 없는 남자들」)

고릴라즈는 밴드 블러 출신의 데이먼 알반이 중심인 복면 음악 프로젝트로, 애니메이션 캐릭터를 비주얼로 내세운 버추얼성이 특징이다. 실험의식보다는 장난처럼 시작된 프로젝트였지만, 블러보다 더욱 인기를 얻고 말았다. 음악성은 힙합을 베이스로 한 혼합이다.

블랙 아이드 피스는 힙합 유닛인데 대중성을 추구하고 있으며, 일본에서의 선전 문구는 '원숭이도 알 수 있는 ○○'였다. 조금은 지나치지 않나 싶다.

하루키는 최근 이 두 그룹이 마음에 드는지 2015년에 기한 한정으로 개설된 사이트 '무라카미 씨가 있는 곳'에서 "즐겨 듣는 젊은 밴드가 있나요"라는 팬의 질문에 고릴라즈와 블랙 아이드 피스를 "의외로 좋아합니다"라고 대답했다. 고릴라즈는 2007년에 『달리기를 말할 때 내가 하고 싶은 이야기』에서도 달릴 때 듣기 좋은 음악으로 거론된 적이 있다.

서던 올스타즈 〈옐로 맨 ~별의 왕자님~〉

수록 앨범
〈옐로 맨 ~별의 왕자님~〉
1999년

등장 작품
『애프터 다크』

　‘무라카미 씨가 있는 곳’에 쏟아진 질문 중 서던 올스타즈가 반일적이라고 비판받는 일에 대해서 어떻게 생각하느냐는 것이 있었다. 이른바 〈피스와 하이라이트〉 비판 건(일본과 아베 정권을 비판하는 노래라며 우익 단체들이 서던 올스타즈를 비난한 일 – 옮긴이)이다. 하루키는 먼저 일반론이라고 전제한 후 답했다. “어떤 일본인이든 어떤 의미에 있어서, 어떤 부분에 있어서 ‘반일’이 될 권리 정도는 있지 않을까 합니다.” 리버럴한 개인주의자인 하루키다운 답변이었다.

　서던에게는 흥미가 없을 듯한 하루키지만, 작품에 두 번 정도 등장시켰다. 초단편집 『밤의 거미원숭이』의 「크로켓」에 〈사랑스러운 에리〉가 등장한다. 『애프터 다크』에서는 편의점에서 “서던 올스타즈의 신곡이 흘러나오고 있다”라고 되어 있는데 시기적으로 보아 〈옐로 맨 ~별의 왕자님~〉이 아닐까. 어느 쪽이나 아무래도 상관없는 듯한 등장이다. 역시 하루키는 서던 올스타즈에는 별 흥미가 없는 듯하다.

B'z 〈ultra soul〉

수록 앨범
〈GREEN〉
2002년

등장 작품
「하나레이 해변」(「도쿄 기담집」)

B'z의 보컬 이나바 고시는 독서를 좋아해서 팬클럽 회보 등
에 추천하는 책을 소개하기도 한다. 장르는 다양한데, 비교적 문
학이 많고, 하루키가 번역한 레이몬드 카버의 『사랑을 말할 때
우리가 이야기하는 것』을 거론하기도 했다. 무라카미 하루키 소
설도 애독하는 모양이다. 한편 B'z에게는 흥미 없을 듯한 하루
키인데, 딱 한 번 작품에 등장시킨 적이 있다. 단편집 『도쿄 기
담집』의 「하나레이 해변」이다.

서퍼인 아들을 상어에게 잃은 여자의 이야기다. 아들을 잃은
여자는 매년 하와이의 하나레이를 찾는다. 그녀는 피아노 바를
경영하고 있다. 피아노에 천부적인 재능이 있어서 하나레이의
레스토랑에서 이따금 연주를 한다. 어느 날, 그녀를 도와준 젊은
일본인 서퍼 두 명이 그 가게를 찾는다. 그녀의 피아노 연주를
듣고 두 명이 묻는다. "혹시 비즈의 노래를 아나요?"

그녀는 이렇게 대답한다. "몰라. 그런 건."

그뿐이다. 역시 하루키는 B'z에게 흥미가 없는 모양이다.

2장

록

손이 닿지 않는 곳으로

엘비스 프레슬리 〈Viva Las Vegas〉

수록 앨범
《Elvis 75》
1964년

〈Viva Las Vegas〉는 엘비스 프레슬리가 1964년에 주연을 맡은 동명 영화의 주제가다. 헤로인을 맡은 앤 마그렛과의 로맨스도 화제가 되어서 영화는 히트했지만, 곡은 빌보드 싱글 차트 29위에 머물렀다. 『색채가 없는 다자키 쓰쿠루와 그가 순례를 떠난 해』에서는 주인공 다자키 쓰쿠루가 옛 친구 아오와 만났는데, 아오의 휴대폰 벨소리가 〈Viva Las Vegas〉였다. 라스베이거스에 가서 룰렛에서 돈을 땄을 때 흘러나온 곡이었기 때문에 부적 대신 삼았다는 아오. 그는 이 곡의 매력에 대해서 "뭔가 의외성이랄까, 신기하게도 사람의 마음을 열게 만드는 것이 있어. 사람을 무심코 미소 짓게 만든다고나 할까"라고 말한다.

평론 「준비된 희생자의 전설—짐 모리슨/도어스」(『바다』1982년 7월호)에서 무라카미 하루키는 "엘비스 프레슬리가 할리우드에서 침몰하고, 버디 홀리가 죽고, 척 베리와 리틀 리처드가 그 의무를 끝낸 곳에서 밥 딜런은 출발했다"고 적었다. 이들이 자리한 위치에 대한 인식은 소설에도 반영되어 있다. 밥 딜런이나 비틀스 등 1960년대에 활약한 뮤지션들이 존재감을 발휘하는 하루키의 작품에서, 1950년대에 로큰롤 붐을 일으켰으며, 1960년대에는 주로 배우로 활동했던 엘비스의 존재감은 희박하다. 그럼에도 엘비스를 어떻게 생각하느냐는 독자의 질문(『무라카미 씨가 있는 곳』)에 초등학생일 때 〈Hound Dog〉, 〈Don't be Cruel〉이 담긴 싱글 앨범을 들었을 때의 충격은 비틀스 이상이었다고 대답한 것을 보면 특별하게 생각하고 있기는 한 모양이다. 엘비스의 곡이 나오는 소설에는 그의 경력이나 음악이 바탕에 깔려 있는 것처럼 생각되는 장면도 적지 않다.

예를 들어 『댄스 댄스 댄스』에서, 〈Rock-A-Hula Baby〉에서 노래를 부르는 역할이 잘 어울릴 것 같다고 주인공에게 평가받는 고탄다. 의사나 선생 같은 성실한 역할밖에 주어지지 않는다고 불평하는 고탄다의 모습에서 연기파 배우를 꿈꾸었지만 오락영화에만 출연하게 된 엘비스의 고뇌가 겹쳐 보인다.

『색채가 없는 다자키 쓰쿠루와 그가 순례를 떠난 해』에서도 엘비스의 그림자가 엿보인다. 주인공 쓰쿠루는 갑자기 이유도 모른 채 고등학교 시절의 친구 그룹에게 배척당한 과거가 있다. 엘비스에게도 그와 비슷한 경험이 있다. 흑인에 대한 차별적 발언을 했다는 거짓 루머가 돌아서 엘비스를 지지했던 흑인들의 인기가 단숨에 곤두박질쳤던 것이다. 아무리 부정해도 사라지지 않던 세상의 의혹 속에서 엘비스를 구한 것은 음악이었다. 1968년에 특별 TV 방송 '엘비스'에서 차별이 없는 세상을 바라는 메시지송을 부름으로써 그를 둘러싼 나쁜 소문이 사라진다.

한편 쓰쿠루가 기댈 곳은 철도회사의 설계 부문에서 일하는 그의 일터인 '역'이다. 역에 열차가 도착하고 사람들이 내리는 모습을 바라보는 것만으로도 쓰쿠루는 만족감을 느낄 수 있었다. 마에다 아야코 『엘비스, 마지막 아메리칸 히어로』에 의하면, 엘비스가 영향을 받아 레퍼토리로도 삼은 가스펠, 그 원류인 흑인 영가 가사에는 기차가 자주 나온다. 그곳에는 현재 상황에서 도망치고 싶은 흑인 노예의 소망이 담겨 있으며, 예전에 미국

노예들의 도망을 지원하는 조직과 수단을 철도 여행으로 빗대기도 했다. 역은 그곳에서 '은신처'를 의미한다.

괴로운 과거 때문에 마음을 닫은 쓰쿠루. 연인인 사라가 "이제 그만 극복해도 좋을 때 아닐까?" 하며 옛 친구들과의 재회를 권유함으로써 이야기가 움직인다. 쓰쿠루가 핀란드로 이민을 떠난 구로를 찾아가는 도중에 들른 이탈리아 식당에서 만난 아코디언 연주자는 엘비스의 〈Don't be Cruel〉을 노래한다. 겉으로는 드러나지 않는 주인공의 심경을 암시하는 것이라 생각하면, 그의 마음이 얼마나 불안한지 상상되어 웃음이 나온다. 엘비스의 곡은 여기서도 사람의 마음을 열어준다.

밥 딜런 〈Like a Rolling Stone〉

수록 앨범
《Highway 61 Revisited》
1965년

　2016년에 노벨 문학상을 수상한 밥 딜런이지만, 본인도 음악가인 자신이 왜 수상자가 되었는지 궁금했던 모양이다. 문예지 『Monkey』 13호에 실린 수상 수락 강연 연설문은 자신의 노래가 문학과 어떤 관계가 있는지를 고찰하는 것이었다.

　그는 버디 홀리의 음악과의 만남으로 시작해서, 오래된 포크 아티스트에게서 배운 것들을 말하고, 중학생 때 읽은 『모비딕』, 『서부전선 이상 없다』, 『오디세이아』의 내용을 언급하면서, 자신이 만들어온 곡이 고전문학에서 받은 영향을 열거한다. 그럼에도 "노래는 문학과는 다릅니다. 노래는 불리는 것이지 읽히는 것이 아닙니다"라며 문학 취급받는 것을 거절하며 "들려주기 위해 쓴 가사를 그 의도대로 들어주었으면 합니다"라며 못을 박았다. 다른 사람의 자의적인 해석을 싫어하는 밥 딜런답다. 그리고 그의 이러한 요망에 소설로 부응한 것이 무엇을 감추랴, 바로 무라카미 하루키다.

　네 번째 장편 『세계의 끝과 하드보일드 원더랜드』에서는 이야기의 종반, 렌터카를 빌린 '나'가 음반 가게에서 구입한 밥 딜런의 카세트테이프를 카스테레오로 튼다. 그러자 오리지널 앨범이 아니라 편집판인지 초기 명곡이 차례차례 흘러나온다. 주인공이 딜런을 좋아한다는 정보만 받아들이면 될 장면이기는 하다. 하지만 하루키 작품을 오롯이 느끼고 싶다면 그래서는 부족하다. 하루키는 밥 딜런의 곡을 곡해하는 일 없이, 훌륭하게 소설에 담아냈기 때문이다.

그중에서도 인상적인 것이 〈Like a Rolling Stone〉이 흘러나오는 절묘한 타이밍이다. 딜런이 포크에서 록으로 전향한 시기를 대표하는 이 곡은, 상류층이었다 몰락한 '미스 론리(외로운 여인)'의 경우를 노래하면서 후렴구에서 "어떤 기분이니?" 하며 돌아갈 집도 없는 그녀에게 질문을 던진다.

'나'를 둘러싸고 있는 상황은 미스 론리에게 뒤처지지 않을 정도로 비참했다. 늙은 박사가 개발한 '세계가 끝나는' 시스템을 둘러싼 싸움에 휘말리고 말았다. 집은 의문의 조직에게 엉망

진창으로 파괴당한다. 폭행도 당한다. 동굴을 모험하게 되고, 탈출한 지금도 자신의 몸에 위기가 닥친다. 더구나 이혼남. 그런데 혁명가 사내와 결혼한 지인을 어슴푸레하게 떠올린다. 그런 상황에서 "어떤 기분이니?" 하고 묻는 〈Like a Rolling Stone〉이 흘러나온다.

이 곡의 전모를 파헤친 논픽션 『Like a Rolling Stone』에서 저자인 그레일 마커스는 "어떤 기분이니?" 하고 묻는 것은 미스 론리에게만이 아니라고 해석한다. "옛날 옛적에(Once upon a time)"로 시작하는 가사는 여기서 노래하는 일이 어느 시대에든 일어날 수 있는 보편적 이야기라는 것을 암시한다. 게다가 6분에 걸친 긴 노래 속에서 그녀의 인생을 체험한 청자는 딜런이 자신에게 "어떤 기분이니?" 하고 질문하는 듯이 느낀다. 그리고 선택을 종용받는다. 불확실한 미래로 나아갈 것인지, 아니면 과거에 사로잡힌 채 있을 것인지.

『세계의 끝과 하드보일드 원더랜드』의 '나'가 어떤 기분이냐고 하면, 지극히 평화롭다. 도서관에서 알게 된 여성과의 데이트 시간까지 남는 시간을 보내기 위해서 차에서 내려서 비가 그친 거리를 걷는다. "나는 자신 이외의 무언가가 될 수는 없다"며 절망적인 상황에서 '나'는 살아남을 방법을 찾지도 슬픔에 빠지지도 않는다. 지금까지의 인생과 마찬가지로 아무것도 하지 않을 것을 선택한다.

긴 이야기를 통해서 '나'의 인품을 알게 된 독자들에게는 그 선택이 무엇보다 그답게 보일 것이다. 그래도 정말로 괜찮은 것일까, 나라면 어떻게 했을 것인가, 머릿속에 떠오르는 의문이 이야기가 끝난 뒤에도 사라지지 않는다. 여운이 느껴지는 그 순간, 배경음악으로 〈Like a Rolling Stone〉이 딱이다.

비틀스 〈Norwegian Wood〉

수록 앨범
《Rubber Soul》
1965년

비틀스의 여섯 번째 앨범 《Rubber Soul》은 처음으로 수록곡 전곡을 오리지널 곡만으로 채운 앨범으로, 영국뿐만 아니라 미국에서도 발매되어 9일 만에 120만 장의 판매고를 올린 히트 앨범이다. 비치 보이스의 브라이언 윌슨은 이 앨범의 영향을 받아서 후에 명반 《Pet Sounds》를 만든다.

두 번째로 수록되어 있는 〈Norwegian Wood〉는 존 레논이 애인과의 정사를 아내 신시아에게 들키지 않게 은유적으로 묘사한 곡이다. 조지 해리슨이 인도 현악기인 시타르로 이 곡의 대명사인 솔로 프레이즈를 연주한다. 베스트셀러가 된 장편 『노르웨이의 숲』(소설 속에 등장하는 곡명도 동일하다)에서는, 제목으로 인용되었을 뿐만 아니라, 작중에서 테마곡의 역할을 담당한다. 다만 등장 방식은 상당히 독특하다. 주인공인 '나'가 원곡을 듣는 장면은 소설 속에 단 한 번도 나오지 않기 때문이다.

먼저 이야기의 서두, '나'가 탄 비행기가 착륙 후에 배경음악으로 교향곡 버전 〈Norwegian Wood〉가 흘러나온다. 그 멜로디에 '나'는 심하게 동요하며 "내가 지금까지의 인생에서 잃어버린 많은 것"을 떠올린다. 예를 들어 그것은 지금부터 20여년 전인 1969년, 처음으로 섹스를 한 다음 날에 모습을 감춘 대학 시절의 연인 나오코에 대한 것이자, 나오코와 교대하듯이 '나'의 앞에 나타나는 같은 대학에 다니는 미도리와 관련된 것이다. '나'에게 호의를 품은 두 여성 사이에서 흔들리던 때의 이야기를 서른일곱 살인 주인공이 풀어놓는 설정은 곡의 가사와도 관련성이 짙다.

다음으로 등장하는 것은 정신병을 앓아서 시설에 들어간 나오코에게로 '나'가 병문안 가는 장면이다. 나오코의 룸메이트인 레이코 씨는 나오코의 요청으로 〈Norwegian Wood〉를 연주하는데, 곡은 이윽고 연인이 그 곡을 좋아했었다는 것 이상의 의미를 갖게 된다.

마지막으로 등장하는 것은 '나'의 집을 레이코 씨가 찾아왔을 때다. 다시 모습을 감춘 나오코를 위해서 그녀가 좋아했던

〈Norwegian Wood〉를 비롯해서 곡을 차례차례 연주하는 레이코 씨. 그녀는 나오코의 선곡 센스를 분석한다. "마지막까지 감상주의의 지평에서 벗어나지 않았네"라는 말에서 1960년대=청춘시대에 미련을 남기고 어른이 되지 못한 채 죽어간 초기 작품의 등장인물 '쥐'가 떠오른다.

하지만 하루키는 '죽음'과 '시대'라는 과거 작품들의 테마를 은근히 비추면서도 〈Norwegian Wood〉를 어디까지나 '나' 개인의 연애를 상징하는 음악으로 사용한다. 그가 이 작품에 단 광고 문구인 "100퍼센트의 연애소설"이라는 말에 거짓은 없다.

50곡 째에 이날 두 번째가 되는 〈Norwegian Wood〉를 연주하고, 더불어 바흐의 푸가까지 연주한 레이코 씨는 '나'에게 "저기, 와타나베 군. 나랑 그거 하자"라고 제안한다. 두 사람은 단 하룻밤뿐인 섹스를 한다. 그곳에 있던 것은 연주를 끝낸 만족감이었을까, 아니면 연애 감정이었을까. 다시 이야기 처음으로 돌아가서 추리하지 않을 수 없게 된다. '나'가 교향곡 버전

〈Norwegian Wood〉에서 떠올린 것은 조지 해리슨이 연주하는 시타르가 아니라, 레이코 씨가 연주하는 기타였음이 틀림없다. 그때 품은 감정이란, 나오코에 대한 변함없는 애정일까, 나오코 이외의 여성과도 사랑을 나눈 죄악감일까. 어떻게 해석하느냐 에 따라서 이야기의 경치는 순식간에 바뀌고, 읽으면 읽을수록 의문은 깊어질 뿐이다.

이 작품의 원제『Norwegian Wood』가 '노르웨이의 숲'이 아니라, '노르웨이산 가구'를 뜻하는 것이 아니냐며 소설 출간 후에 오역에 대한 지적이 있었다. 에세이「노르웨이의 나무는 보고 숲은 못 보고」(『무라카미 하루키 잡문집』)에서 "Norwegian Wood"란 "까닭은 잘 모르겠지만, 모든 것을 애써 감추는 애매모호하고 심오한 무언가"라고 정의하고, 숲 쪽이 "어찌 되었든 멋진 제목 아닌가" 하고 결론짓는 무라카미 하루키. 소설 역시 '나'가 미도리에게 사랑을 고백해서, 어찌 되었든 멋지게 마무리되었다.

도어스 〈Light My Fire〉

수록 앨범
《The Doors》
1967년

데뷔 앨범 《The Doors》에서 컷된 두 번째 싱글 〈Light My Fire〉가 3주 연속 빌보드 싱글 차트 1위에 오르며 도어스는 일약 인기 밴드가 된다. 작사, 작곡의 대부분을 기타리스트인 로비 크리거가 담당했다. 교회풍 음악이지만 어딘가 요염한 인상을 주는 오르간 프레이즈, 재즈의 영향을 받은 긴 간주(싱글 앨범에서는 대폭 줄었다), 그곳에 짐 모리슨의 선정적인 보컬이 들어가면서 유일무이한 록 넘버가 되었다.

무라카미 하루키는 1983년에 쓴 에세이 「짐 모리슨의 소울 키친」(『무라카미 하루키 잡문집』)에서 이 곡의 일본식 제목 '마음에 불을 붙여'가 너무 밝다고 지적한다. 하루키의 말에 따르면 "본질적으로 선동가였다"는 짐 모리슨의 일생이 지적의 근거다. 그는 1943년에 미국 해군 집안의 장남으로 태어나서, 대학에서 도어스를 결성. 이후 파격적인 록스타로서 일생을 구가한다. 술과 마약에 빠지고, 청중뿐만 아니라 자신의 정신까지 선동하는 남자가 노래하는 곡에 '마음에 불을 붙여'라니 너무 수동적인

등장 작품
「오후의 마지막 잔디」(『중국행 슬로보트』)

느낌이라 어울리지 않는다고 생각했을 법하다.

짐 모리슨은 1969년에 무대 위에서 자위행위를 했다는 이유로 체포, 이후 구심력은 저하된다. 급격하게 살이 찌고, 여전히 자포자기적인 행동도 눈에 띄는 가운데, 스물일곱 살의 나이로 파리에서 원인불명의 죽음을 맞이한다. 그런 짐 모리슨의 짧고도 치열한 인생과 대조적인 것이 무라카미 하루키의 작가로서의 자세다. 자전 에세이 『직업으로서의 소설가』에서 하루키는 소설을 쓸 때 필요한 것은 "계속적인 작업을 가능하게 하는 지속력"이라 밝히고, 그것을 갖추려면 기초 체력이 필요하다고 했다. 본인도 전업작가가 된 후 30년 넘게 러닝 혹은 수영을 생활화하고 있다고 말이다.

지속력은 소설을 쓰기 위한 수단에 머물지 않는다. 윤리학자 오바 다케시의 저서 『나라는 미궁』에 기고한 「자기란 무엇인가—혹은 맛있는 굴튀김 먹는 법」(『무라카미 하루키 잡문집』)에서는 생업으로 삼고 있는 문학의 의의로 "계속성"을 들었다. "문학은 전쟁이나 학살이나 사기나 편견을 만들어내지는 않았다. 거꾸로 그런 것들에 대항하는 무언가를 만들어내기 위해 지치지 않고 꾸준한 노력을 계속해왔다"이자, "내가 지금 해나가는 것은 예로부터 면면히 이어져온 더없이 소중한 무엇", 게다가 "계속성이란 도의성의 영역이기도 하다. 그리고 도의성이란 공정한 정신을 의미한다"라고도 했다.

1982년에 발표한 단편 「오후의 마지막 잔디」(『중국행 슬로보트』)는 그런 무라카미 하루키의 문학관이 투영된 작품이다. '나'는 지금으로부터 14, 15년 전의 "짐 모리슨이 〈Light My Fire〉를 노래한" 시대를 회상한다. 그때의 '나'는 잔디를 깎는 아르바이트를 했었다. 그런데 연인에게 차여서 그녀와 여행갈 돈을 모은다는 목표를 잃자 아르바이트를 그만둔다. 마지막 날의 일은 알코올 중독자로 보이는 여성이 사는 집의 정원 잔디를 깎는 일이다. 평소처럼 시간을 들여서 정성스럽게 잔디를 깎자, 그 여성은 맥주를 권하며 집 안으로 초대한다. 그곳에서 그녀 인생의 어두운 면까지 보게 된 '나'. 그녀가 그렇게나 '나'를 신뢰한 이유는 "잔디가 정말 예쁘게 깎였기 때문"이었다.

잔디에 집착을 가진 것은 그들만이 아니다. 초기 3부작에서 주인공 '나'의 친구로서 등장하는 '쥐'는 1970년에 대학교를 그만둔 이유를 『1973년의 핀볼』에서 이렇게 말한다. "교정의 잔디를 깎는 방식이 마음에 들지 않았어." 실제로 그만둔 이유는 시기적으로 학생운동의 좌절로 보인다.

세 번째 장편 『양을 둘러싼 모험』에서 '쥐'는 대학을 그만둔 지 8년이 지났는데도 자신이 있을 자리도, 살아가는 목적도 찾지 못한 상황이다. 그 고독한 모습은 짐 모리슨의 모습과 겹쳐 보이는 점이 있다. 한편 한 시대의 끝을 지켜보면서 계속 살아가기를 선택한 '나'의 자세에는 무라카미 하루키가 생각하는 계속성이 담겨 있다.

밥 딜런 〈Positively 4th Street〉

025 ▶

수록 앨범
『Bob Dylan's Greatest Hits』
1967년

밥 딜런이 〈Like a Rolling Stone〉을 히트시킨 1965년 당시, 포크계에서는 그의 록 전향에 부정적인 목소리도 많았다. 대중에 영합하는 상스러운 록을 노래하는 행위가 사회파 가수로서의 딜런을 지지하던 사람들에게는 배신으로 간주되었던 것이다.

그 해에 싱글로 발매된 〈Positively 4th Street〉는 딜런의 편안한 보컬이 밝은 인상을 준다. 반면 가사는 신랄하다. 자기를 친구라고 부르다니 뻔뻔하다, 내 입장이 되어봐라, 얼마나 불쾌한 일인지 알라며 이해력이 부족한 사람과 기회주의자들을 통렬하게 비판한다.

『세계의 끝과 하드보일드 원더랜드』에서는 불합리한 일들이 계속되어 불평이라도 하고 싶을 '나'의 마음을 렌터카 스피커에서 흘러나오는 〈Positively 4th Street〉가 대변하는 듯이 보인다. 응대하던 렌터카 사무소의 여자는 차 안에서 흘러나오는 이 곡을 듣고 "이거 밥 딜런이죠?"라며 '나'에게 묻는다. 그녀는 목소리가 특별해서 알았다고 말하며, "마치 어린아이가 창문에 서서

등장 작품
『세계의 끝과 하드보일드 원더랜드』

비 내리는 모습을 바라보는 듯한 목소리"라고 표현한다.

데뷔 당시부터 해외문학의 영향을 받은 오리지널 문체를 확립했음에도 문단의 평가를 받지 못한 채 아쿠타가와 상도 수상하지 못한 무라카미 하루키. 목소리에 오리지널리티를 갖고, 비판에 굴하지 않고 작풍을 바꿔온 밥 딜런은 그에게 공감할 만한 존재였음이 틀림없다.

『직업으로서의 소설가』에서 하루키는 표현자의 오리지널리티에 대한 정의로서 '독자적인 스타일'과 그것을 성장시키는 '자기 혁신력'과 시간의 경과와 함께 스타일이 평가되는 '스탠더드화'를 말했다. 그 한 예로서 록으로 전향했을 때의 밥 딜런도 거론했다.

밥 딜런 〈Blowin' in the Wind〉

수록 앨범
《The Freewheelin' Bob Dylan》
1963년

무라카미 하루키 작품의 주인공은 감정을 겉으로 잘 드러내지 않는다. 아무리 싫은 일이 있어도 감정을 폭발 한계까지 억누르며 담담히 살아간다. 『세계의 끝과 하드보일드 원더랜드』의 '나'도 그랬다. 하지만 이야기의 마지막 부분, 그는 마음에 흔들림을 느낀다. 슬픔이나 고독감을 뛰어넘은 감정의 물결이 '나'를 덮친다. 얼마 후 눈을 감으니 그 동요는 사라졌다. 이윽고 '나'가 탄 차의 스테레오에서 밥 딜런의 〈Blowin' in the Wind〉가 흘러나온다.

같은 시기에 피터 폴 & 메리가 리메이크한 버전이 1963년 빌보드 싱글 차트 2위를 기록했다. 이 곡의 가사는 지극히 추상적이다. 얼마만큼의 길을 걸어야 한 사람 몫의 인간으로 인정받을 수 있을까? 얼마만큼의 바다를 건너야 비둘기는 모래사장에서 쉴 수 있을까? 얼마만큼의 포탄이 쏟아져야 무기가 영원히 사라질까?

3절 구성으로, 각각 세 가지 질문이 나오고 마지막에는 모두 그 대답은 불어오는 바람 속에 있다고 결말을 짓는다.

  '나'는 눈에 비치는 세계와 그곳에 사는 사람들에 대해서 생각해본다. 예를 들어 그것은 평등하게 내리쬐는 태양빛이자, 요 며칠 동안 만났던 박사와 손녀나 도서관의 여자나 록을 좋아하는 택시기사에 대해서다. '나'는 남겨진 시간을 자신을 위해서가 아니라 그들을 축복하기 위해서 쓰기로 한다.

  '나'의 최대의 이해자인 독자는, 그의 행동이나 특별하다고 생각하는 경치에 공감은 해도 어떤 심경의 변화가 있었는지까지는 알지 못한다. 〈Blowin' in the Wind〉와 마찬가지로 여러 질문에 대한 대답이 될 수 있는 '여백'이 '나'라는 캐릭터와 작품에 매력적인 수수께끼를 남긴 채 이야기는 닫혀간다.

  하루키는 등장인물의 심리를 다 그려내지 않음으로써 다양한 해석이 가능하도록 했다. 자유도가 높은 이야기로 만드는 이런 방법은 미스터리 작가 레이먼드 챈들러의 영향을 강하게 받았다. 챈들러의 『기나긴 이별』을 하루키가 일본어로 옮겼는데, 소설과 옮긴이 해설을 읽으면 구조를 자세히 알 수 있다.

비치 보이스 〈Surfin' U.S.A.〉

027 ▶

수록 앨범
《Surfin' USA》
1963년

『댄스 댄스 댄스』에서 묘사하는 '죽음'과 '시대의 변화'는 선곡에서도 강조된다. 주인공 '나'는 돌핀 호텔에서 만난 소녀 유키와의 드라이브에서 올드 팝이 들어 있는 카세트테이프를 튼다. "먼저 샘 쿡이 〈Wonderful World〉를 노래했다. (중략) 내가 중학교 3학년 때 총에 맞아 죽었지. 버디 홀리 〈Oh Boy〉. 버디 홀리도 죽었어. 비행기 사고." 이런 식으로 '나'는 그리운 로큰롤을 들으면서 어째서인지 죽음을 떠올린다.

이윽고 카스테레오에서 비치 보이스의 〈Surfin' U.S.A〉가 흘러나온다. 1950년대 미국에서 대유행했던 로큰롤은 1960년대가 가까워지자, 주요 뮤지션의 죽음이나 엘비스 프레슬리의 병역에 의한 활동 중지가 겹쳐져서 그 기세를 잃는다. 그 후 서프 음악(1960년대 초반 캘리포니아 주를 중심으로 인기를 끈 대중음악. 파도타기를 할 때 배경음악으로 주로 애용되었다-옮긴이)의 대두와 함께 두각을 나타낸 것이 비치 보이스였다.

1963년의 히트곡 〈Surfin' U.S.A〉는 척 베리의 〈Sweet Little

Sixteen〉을 표절한 것인데, 브라이언 윌슨의 손을 거친 그 곡은 단순한 표절곡이 아니게 되었다. 보컬은 두 번 이상 녹음한 뒤 겹쳐서 인공적이지 않은 음향을 만들어내었고, 가사에는 서핑 명소를 열거해서 서프 음악다운 연출을 입혔다. 'Inside Outside U.S.A'라고 노래하는 코러스는 따라 부르고 싶을 정도로 흥겹다.

'나'는 유키와 〈Surfin' U.S.A〉 코러스 부분을 즐겁게 합창한다. 하지만 이야기의 무대가 되는 1983년에는 비치 보이스도 죽음과 무관하지 않았으며, 방향을 잃고 헤매던 상태였다. 드러머인 데니스 윌슨은 알코올 의존증이 심했으며, 12월에는 술에 취한 상태로 바다로 뛰어들어 익사했다. 브라이언 윌슨은 한때 휴양을 할 정도로 심신이 불안전한 상태였다. 멤버 간 트러블도 끊이지 않아서 새로운 곡을 내기 쉽지 않았다.

비치 보이스 〈Fun, Fun, Fun〉

028

수록 앨범
《Shut Down Vol.2》
1964년

〈Fun, Fun, Fun〉은 〈Surfin' U.S.A〉와 마찬가지로 척 베리풍의 기타로 시작한다. 당시 유행하던 걸작 '카 송(Car Songs)'이다. 소녀가 아빠의 차를 몰다가 들켜서 차 키를 빼앗긴다. 그런 상황에 남자가 등장해서 그녀를 꾄다는 내용의 가사로, 미국 젊은이들의 동경의 대상인 자동차와 사랑을 둘러싼 이야기가 그려진다.

『댄스 댄스 댄스』의 '나'와 친구 고탄다가 드라이브 중에 나누는 비치 보이스에 대한 대화. 고탄다는 중학교 때 들었던 〈Fun, Fun, Fun〉을 비롯한 비치 보이스의 경쾌한 초기 곡들과 그곳에 펼쳐지는 세계를 "동화"라고 말한다. "하지만 그런 것은 언제까지고 계속되지 않지" 하며 크림이나 지미 핸드릭스 등 "하드한 것"을 듣게 되었다고 한다. 한편 '동화 시대'가 지난 후에도 비치 보이스를 계속 들었던 '나'는, 비치 보이스가 잘 팔리지 않던 시기에 모두 함께 살아남고자 하는 필사적인 노력이 전해지는 앨범의 매력을 고탄다에게 역설한다.

등장 작품
『댄스 댄스 댄스』

　하루키는 에세이 「브라이언 윌슨」(『의미가 없다면 스윙은 없다』)에서 라디오에서 처음으로 〈Surfin' U.S.A〉를 들었던 열네 살 때부터 현재(2003년)까지의 비치 보이스 편력을 적었다. 하루키의 소년 시절의 비치 보이스에 대한 마음은 고탄다를 통해, 어른이 된 다음의 마음은 '나'의 입을 통해 대변했다는 것을 여기서 확인할 수 있다.

　1990년대 후반에 이르러 오랜 슬럼프와 트러블에서 벗어나서 정력적으로 활동하는 브라이언 윌슨에 대한 마음도 담겼다. 2002년에 하와이에서 브라이언의 무대를 본 하루키는 "인생의 제2장만이 갖는 깊은 설득력"이라며 그 매력을 표현한다. 곧 일흔 살이 될 무라카미 하루키(2019년 1월 12일에 일흔 살이 되었다 - 옮긴이)가 이 '제2장'을 향후 소설에서 묘사한다 해도 신기한 일은 아니다. 그때 비치 보이스의 곡이 어떤 형태로 나올지 기대된다.

비틀스 〈Drive My Car〉

029

수록 앨범
《Rubber Soul》
1965년

《Rubber Soul》의 시작을 장식하는 〈Drive My Car〉는 아이돌밴드에서의 탈피를 꾀하는 비틀스의 새로운 시도가 여러모로 엿보인다. 거친 보컬, 오티스 레딩의 프레이즈를 인용한 기타와 베이스, 담담히 리듬을 새기는 가스펠과 흥겨운 탬버린 콤비네이션에, 자동차 경적을 이미지한 코러스도 흥겹다. 가사는 영화 스타가 되겠다는 야심을 품은 여자가 남자를 운전수로 고용해 주겠다고 유혹하는데, 사실은 아직 차도 없다는 것이다.

지금까지 30대 남성 주인공이 많았던 무라카미 하루키의 소설이지만, 2014년에 출간된 단편집 『여자 없는 남자들』에서는 새로운 기조가 보인다. 『노르웨이의 숲』처럼 비틀스의 곡을 그대로 타이틀로 삼은 「드라이브 마이 카」에서 주인공은 초로의 남성이다. 중견 배우 가후쿠는 접촉 사고를 일으켜서 면허가 정지된다. 게다가 녹내장 징후도 발견되어 운전을 할 수 없게 된다. 지인에게 소개받은 전속 운전기사가 미사키라는 젊은 여성이었다. 도쿄 지리에 해박하고 운전도 부드러우며 입이 무거운

등장 작품
「드라이브 마이 카」(『여자 없는 남자들』)

그녀를 가후쿠는 바로 신뢰하게 된다.

차 안에서 가후쿠가 자주 생각하는 것은 죽은 아내였다. 그녀는 오래전 연하 배우와 불륜에 빠졌었다. 그 사실을 알게 된 가후쿠는 마지막까지 모르는 척을 한다. 상대 남자를 혼쭐을 내주고 싶었지만 아무것도 하지 않았다. 과연 그것은 옳은 선택이었을까…….

지금까지의 작품이었다면 음악이 고뇌하는 주인공에게 해답을 시사했을 것이다. 하지만 이번에 그 역할을 하는 것은 좋은 대화 상대인 미사키다. 가후쿠는 과거에 대한 복잡한 마음을 이야기하며 평소에 차에서 듣는 클래식이나 오래된 미국 록이나 무언가를 틀려다가 결국 포기한다. 음악이 무력한 것 또한 새로운 기조라면 기조다.

비틀스 〈Yesterday〉

030

수록 앨범
〈Help!〉
1965년

비틀스, 그중에서도 폴 매카트니가 작곡한 곡은 무라카미 하루키의 소설에서 때로 웃긴 형태로 등장한다. 예를 들어 『1973년의 핀볼』에 등장하는 여자는 〈Penny Lane〉을 하루에 스무 번이나 흥얼거리는데 절묘하게 후렴구 앞에서 끊는다. 『여자 없는 남자들』에 수록된 단편 「예스터데이」에서는 폴 매카트니가 작곡한 〈Yesterday〉가 재미있고 이상하게 사용된다. 〈Yesterday〉는 결코 웃긴 곡이 아니다. 커버 버전의 수가 기네스북에 등재되었을 정도로 비틀스의 수많은 명곡 중에서도 특별히 유명한 이 곡은 열네 살 때 돌아가신 폴의 어머니에 대한 사모곡이다. 그런 명곡을 "어제는 / 내일의 아래께(그저께)고, 아래께의 내일이래요"라며 간사이 사투리로 노래하는 남자가 등장한다.

기타루는 어느 날 '나'에게 말도 안 되는 제안을 한다. 자신의 애인인 에리카와 사귀어보지 않겠냐는 것이다. 결국, 그녀의 승낙 하에 제안은 실현. 두 사람은 한 번 데이트를 하지만 관계는 발전되지 않고 끝난다. 그리고 얼마 지나지 않아서 기타루가 갑자기 아르바이트를 그만두고 모습을 감춘다. 16년 후에 '나'는 일과 관련된 파티에서 에리카와 재회하고, 그녀에게 기타루의 의외의 현재 상황을 알게 된다.

  고독했던 스무 살의 '나'가 경험했던 기묘한 친구와의 만남과 기묘한 연애의 기록. 그것이 라디오에서 흘러나오는 〈Yesterday〉에 의해 되살아난다. 얼핏 보면 감상적인 연애 이야기다. 하지만 그곳에 노이즈가 섞인다. 도쿄 출생인데 간사이 사투리를 입에 담고, 태도는 거친데 에리카에 대해서는 묘하게 수줍어하는 기타루라는 남자. 그의 비밀이 이야기 속에서 가장 흥미를 끈다. 무엇보다 간사이 사투리로 부르는 〈Yesterday〉가 머릿속에서 사라지지 않는다. 엄숙한 장면에서도 머릿속에는 "내일은 어제의 아래께고~"가 재생되어서, 감상에 몰입할 수가 없다. 물론 그것이 이 소설의 재미이기는 하지만.

롤링 스톤스 〈Little Red Rooster〉

031

수록 앨범
《The Rolling Stones, Now!》
1965년

　　무라카미 하루키 소설에서 롤링 스톤스의 위치는 미묘하다. 『댄스 댄스 댄스』에서는 〈Brown Sugar〉를 들은 '나'가 "멋진 곡이었다"고 말하는 등 싫어하지는 않는 모양이다. 다만 경박한 음악이라는 인상이 강하다. 『노르웨이의 숲』에서는 중학생 정도의 조숙한 소녀가 〈Jumpin' Jack Flash〉를 음반 가게에서 요청하고는 허리를 흔들면서 춤을 춘다. 단편 「가노 크레타」에 이르러서는 살인범이 사체를 정원에 묻을 때 〈Going to a Go Go〉를 흥겹게 부른다.

　　그렇게 흥겹게 취급했던 이유가 『1Q84』에서 밝혀진다. 과거 작품에서 주인공이 즐겨 들었던 비틀스나 밥 딜런의 곡은 여기서는 등장하지 않는다. 주인공 중 한 명인 덴고는 제프 벡의 일본 투어 티셔츠를 입는 남자로, 하드록이나 블루스 색이 강한 록을 들었던 모양이다. 그는 어느 날 초등학생 때 호감을 가졌던 동급생 아오마메를 떠올린다. 어른이 된 그녀를 찾아내서 다시 한 번 더 만나고 싶다. 소망은 결의로 변하고, 어떤 단서가 없을지 의식을 집중시킨다. 방에는 마침 롤링 스톤스의 〈Little Red Rooster〉가 흐르고 있었다.

1964년에 싱글로 발매된 〈Little Red Rooster〉는 시카고 블루스를 지탱해온 윌리 딕슨이 작곡한 곡을 커버한 것이다. 멤버에게는 동경의 대상이었던 머디 워터스도 이용했던 미국 체스 레코드의 스튜디오에서 녹음되었다. 롤링 스톤스의 진한 블루스가 덴고에게 힌트를 주나 했더니, "나쁘지 않아. 하지만 깊이 사색하거나 진지하게 기억을 되새기려는 사람을 생각해서 만들어진 음악이 아니야. 롤링 스톤스라는 밴드는 그런 종류의 친절한 마음은 거의 없어"라며 방해꾼 취급을 받는다. 과거가 바뀐 1Q84년의 세계에서도 롤링 스톤스에 대한 취급은 여전히 가볍다.

사이먼 & 가펑클 〈Scarborough Fair/Canticle〉

032

수록 앨범
《Parsley, Sage, Rosemary and Thyme》
1966년

장편 『태엽 감는 새』는 '나'가 행방불명된 아내 구미코를 구해내려는 이야기인데, 결국 무슨 일이 일어났는지는 마지막까지 확실하지 않다. 하지만 원제에도 있는 대로 '연대기(크로니클)'를 체험한 듯한 기분이 들게 하는 소설이다.

'나'는 어째서인지 근처 빈 집의 우물에 잠수하면 구미코가 있는 곳을 찾을 수 있다고 생각한다. 우물이 있는 땅을 손에 넣고자 하는 '나'는 후원자가 되는 여성과 만난다. 본명을 모르는 그녀와 그 아들의 별명을 생각하는 장면에서 후보로 나온 것이 육두구와 시나몬. '나'는 향신료와 연관 지어서 사이먼 & 가펑클의 곡 중 반복되는 프레이즈 "파슬리, 세이지, 로즈마리 & 타임……"을 입에 담는다.

이 프레이즈가 나오는 〈Scarborough Fair/Canticle〉은 더스틴 호프만이 주연한 영화 〈졸업〉의 삽입곡으로도 잘 알려진 반전을 노래한 곡이다. 영국 전통곡을 커버한 'Scarborough Fair'는 정체불명의 사내가 듣는 이에게 부탁을 한다. 스카버러 시에

등장 작품
『태엽 감는 새』

갈 거라면 그곳에 있는 예전에 사랑했던 여인에게 안부를 전해
주었으면 한다, 재봉선도 바늘 자국도 없는 셔츠를 만들어주었
으면 한다, 바다와 물가 사이의 1에이커의 땅을 찾아주었으면
한다 등 그 소원은 말이 안 되는 것뿐이다. 하지만 실현시키면
두 사람은 연인이 된다고 한다. 한편 오리지널 파트 'Canticle'
에서는 전쟁이 일으키는 비극과 상관의 명령으로 전쟁을 계속
해야 하는 병사들의 모습이 그려진다. 이 부분 역시 억지 요구
가 대비되는 형태로 구성되어 있다.

소설에서도 '나'가 만나는 사람들이 태평양 전쟁에서의 병사
들의 잔혹한 행위를 목격했다는 형태로 묘사된다. 『태엽 감는
새』는 〈Scarborough Fair/Canticle〉과 구조가 비슷하지만 반
전소설은 아니다. 하루키가 이 소설에서 흥미를 보이는 부분은
인간을 공포에 빠뜨려 지배하는 '악'이 태어나는 구조에 쏠려
있다. 그리고 악에 대항하는 방법의 실마리 또한 우물 속에 숨
겨져 있다.

허니 드리퍼스 〈Sea of Love〉

033

수록 앨범
《Volume One》
1984년

무라카미 하루키의 단편은 훗날 장편의 일부가 되는 경우가 있다. 예를 들어 1986년에 발표한 단편 「태엽 감는 새와 화요일의 여자들」은 『태엽 감는 새』 1장의 원형이 된 작품이다. 그리고 작중에는 "라디오는 로버트 플랜트의 새로운 LP 특집이었는데, 두 곡 정도 들었을 때 귀가 아파서 전원을 껐어"라는, 장편에는 나오지 않는 표현이 있다.

1980년에 레드 제플린 해산 후, 하드록 노선을 버리고 새로운 음악 트렌드를 읽으려 했던 로버트 플랜트. 「태엽 감는 새와 화요일의 여자들」에 무대가 되는 연대는 적혀 있지 않지만, 『태엽 감는 새』와 마찬가지인 1984년이라고 한다면, 이 해에 솔로 앨범은 나오지 않았다. 대신 친구 지미 페이지와 제프 벡, 나일 로저스가 참여한 유닛 '허니 드리퍼스'로 미니 앨범 《Volume One》을 발표했다.

수록된 다섯 곡은 1950년대의 R&B나 로큰롤 분위기의 곡들이었는데, 싱글 컷된 〈Sea of Love〉는 빌보드 싱글 차트 3위에 올랐다. 이 곡은 필 필립스의 곡을 커버한 것이다. 라디오를 듣던 '나'의 귀가 아플 정도로 시끄러운 곡이 전혀 아니다. 레드 제플린 때의 강렬함은 전혀 없이 고전의 향수가 느껴지는 달콤한 소리를 듣고 그 변절과도 같은 행위에 '나'는 거부 반응을 나타냈을 것이다. 라디오에서 특집으로 다룬 것이 팝 노선의 앨범 《Shaken 'n' Stirred》(1985년)였다고 해도 '나'의 반응은 변함이 없을 것이다.

1988년에 출간된 『댄스 댄스 댄스』를 경계로 무라카미 하루키 작품에서 록이 등장하는 비율이 줄어드는데, 그런 경향은 1994~1995년에 출간된 『태엽 감는 새』에서도 변함이 없다. 로버트 플랜트와 관련된 문장이 삭제된 것을 보더라도 시대의 공기를 록으로 상징시킬 필요를 무라카미 하루키가 느끼지 못하게 되었음을 알 수 있다.

도어스 〈Alabama Song〉

034 ▶

수록 앨범
《The Doors》
1967년

『기사단장 죽이기』의 주인공 '나'는 음반 가게에 있을 때 문득 아내인 유즈를 남기고 떠나온 집에 있는 밥 딜런의 《Nashville Skyline》이나 "〈Alabama Song〉이 수록된 도어스 앨범"의 소유권을 신경 쓴다. 도어스의 데뷔 앨범에는 대표곡 〈Light My Fire〉나 〈The End〉도 수록되어 있다. 그런데 굳이 〈Alabama Song〉을 예로 드는 이유가 우리로서는 신경 쓰일 수밖에 없다.

〈Alabama Song〉은 오페라《마하고니 시의 흥망성쇠》에 나오는 곡을 커버한 것이다. 원곡은 매춘부가 술과 남자와 돈을 찾아서 위스키 바를 찾는다는 내용인데, 도어스 판은 남자가 사냥감이 될 여자를 찾는 이야기로 바뀌었다. '나'가 위스키를 마시는 장면이 『기사단장 죽이기』에서는 몇 번인가 나오며, 마신 후에는 대개 기묘한 일이 발생한다. 이 알 수 없는 선곡은 단순히 곡이 좋아서일까, 아니면 '나'가 위스키에게 운명을 조종당하고 있음을 나타내기 위해서일까.

등장 작품
『기사단장 죽이기』

  번역가인 고노스 유키코는 '무라카미 하루키『기사단장 죽이기』회도 생굴도 위스키 안주로 먹던데 그거 맛있나요?'라는 인터넷 리뷰 기사에서, 친구인 아메다가 '나'와의 식사 자리에 시바스 리갈을 지참한 장면에 주목하고는, "21세기에 '술이나 음식에 까다롭다'는 30대 남성이 굳이 블렌드 위스키의 대표 주자를 고르다니 이해하기 힘들다"고 지적한다. 현재 보급판이 2천 엔 대인 술을 특별한 상표라고 생각하는 것은 비교적 고가였던 1980년대까지의 감각이라는 것이다.

  덧붙여 말하자면 무대가 되는 2000년대 후반 시점에서 서른여섯 살인 '나'가 브루스 스프링스틴의《The River》를 "그립다"고 말하는 것도 나이에 어울린다는 느낌은 들지 않는다. 작중 세계는《1Q84》에서 묘사된 것처럼 현실과 미묘하게 다른 세계인 걸까? 다른 사람의 글이었다면 설정 실수로 치부되었을 테지만 무라카미 하루키의 소설이라서 다시 한 번 생각하게 만든다.

롤링 스톤스 〈Going to a Go Go〉

수록 앨범
《Still Life》
1982년

등장 작품
『댄스 댄스 댄스』

1980년대의 롤링 스톤스는 기존의 불량한 이미지에서 엔터
테인먼트 색이 강한 밴드로 변모한다. 1981년의 북미 투어는 대
형 스타디움을 제대로 활용한 화려한 연출로, 음악 업계에서 처
음으로 스폰서가 붙는 등 무라카미 하루키 작품의 주인공이 싫
어할 만한 록 비즈니스를 전개했다.

이 투어를 생생하게 담은 라이브 앨범 《Still Life》에서 싱글
컷된 〈Going to a Go Go〉는 스모키 로빈슨 & 미러클이 히트
시킨 1960년대 모타운 레코드의 황금기 명곡을 커버한 것이다.

『댄스 댄스 댄스』에서는 같은 롤링 스톤스의 곡이어도 〈Brown
Sugar〉(1971년)는 '나'에게 그리운 곡이지만, 이쪽은 유키가 듣
는 요즘 음악으로 등장한다. 이야기의 무대가 되는 1983년으로
부터 30년이 훨씬 경과한 현재에도 현역인 롤링 스톤스. 그 끈
질김은 방식의 좋고 싫고를 떠나서 무라카미 하루키도 인정하
지 않을 수 없었을 것이다.

크리덴스 클리어워터 리바이벌 〈Who'll Stop the Rain〉

수록 앨범
《Cosmo's Factory》
1970년

등장 작품
『바람의 노래를 들어라』

　『바람의 노래를 들어라』 도중에 삽입된 라디오 음악 방송. DJ는 최고 기온 37도라는 더위를 록으로 날려버리려는 듯이 비와 관련된 곡을 튼다. 시원하다는 느낌보다는 진흙 비에 가까운 컨트리 록 〈Who'll Stop the Rain〉은 그중 한 곡이다.

　크리덴스 클리어워터 리바이벌은 1960년대 후반부터 1970년대 초에 활약한 캘리포니아 출신의 4인조 밴드다. 히피 운동과는 선을 긋고, 자신들의 근원에는 없는 남부 블루스나 컨트리를 받아들인 곡이 인기를 모았다. 〈Who'll Stop the Rain〉이 수록된 《Cosmo's Factory》는 빌보드 앨범 차트 1위를 기록했다. 창작을 통해 손이 닿지 않는 장소나 대상에 가까워지려는 자세는 서핑을 못하는 브라이언 윌슨이 서프 음악을 만든 비치 보이스와도, 돌아갈 수 없는 과거를 묘사한 『바람의 노래를 들어라』와도 공통된 점이 있다.

스테픈울프 〈Born to be Wild〉

수록 앨범
《Steppenwolf》
1968년

등장 작품
『세계의 끝과 하드보일드 원더랜드』

  스테픈울프는 1967년~1972년에 활약한 하드록의 시조격인 존재다. 1967년에 발매된 싱글 〈Born to be Wild〉는 영화 〈이지 라이더〉의 오프닝 곡으로도 쓰이는 등 크게 히트했다. CF송으로 자주 쓰이기 때문에 인트로의 기타 리프를 들으면 바로 기억날 것이다.

  『세계의 끝과 하드보일드 원더랜드』에서는 '나'가 박사의 딸과 서로의 몸에 로프를 묶고 동굴 속을 나아가는, 질주감과는 무관한 상황 속에서 등장한다. 박사의 딸이 입은 미군 재킷을 보고 그것을 구입한 때를 떠올리는 '나'. 그의 머릿속 배경음악은 용맹스런 〈Born to be Wild〉였지만, 인트로가 닮았다는 이유로 어느 새인가 마빈 게이의 〈I Heard It Through the Grapevine〉로 바뀐다.

  〈I Heard It Through the Grapevine〉의 가사는 여자친구가 바람났다는 소문을 듣고 남자가 슬퍼한다는 내용이다. '나'는 머릿속조차도 시원찮은 남자라는 숙명이다.

크로스비 스틸스 내쉬 & 영 〈Woodstock〉

수록 앨범
《Déjà Vu》
1970년

등장 작품
『바람의 노래를 들어라』

　무라카미 하루키의 소설에 이름이 등장하지 않는 의외의 인물이 바로 닐 영이다. 에세이 「우엉 볶음과 음악」(『무라카미 라디오』)에서는 우엉 볶음을 만들면서 닐 영의 신보를 듣고 "주위 공기가 변하고 가슴이 뜨거워졌다"고 적었으니 좋아하는 것임에 틀림없다.

　『바람의 노래를 들어라』에서 제이스 바의 주크박스에서 흘러나오는 〈Woodstock〉이 작사, 작곡한 조니 미첼의 것이 아니라고 한다면, 유일하게 등장할 기회가 있다. 닐 영이 한때 가입했던 크로스비 스틸스 내쉬 & 영의 히트곡 〈Woodstock〉은 1969년에 열린 우드스톡 페스티벌의 모습과 그곳에 모이는 사람들의 심리를 그렸다.

　그런데 작곡자인 조니 미첼은 페스티벌 출연이 이루어지지 못해서 당일 텔레비전 중계로 무대를 보고 있었다. 여기서도 하루키는 손이 닿지 않는 장소가 숨은 테마인 곡을 선택했다.

크림 〈Crossroads〉

수록 앨범
《Wheels of Fire》
1968년

등장 작품
『해변의 카프카』

　『해변의 카프카』의 주인공 다무라 카프카가 듣는 음악은 주로 도서관에서 빌린 CD로, 그가 듣는 음악의 범위는 넓다. 비틀스부터 프린스나 라디오헤드까지 그 범주에 들어간다. 카프카는 언젠가 문득 마음을 진정시키려는 곡으로 크림의 〈Crossroads〉를 선택해 몇 번이고 반복해 듣는다.

　《Wheels of Fire》에 수록되어 있는 〈Crossroads〉는 수많은 기타리스트에게 영향을 끼친 블루스맨 로버트 존슨의 곡을 커버한 것이다. 그의 팬인 에릭 클랩튼이 명확한 리프가 있어서 로큰롤에 잘 어울린다는 이유로 이 곡을 선택했다.

　로버트 존슨에게는 사거리에서 악마에게 혼을 팔아 블루스 테크닉을 손에 넣었다는 전설이 있다. 아버지에게 저주가 걸렸다고 믿는 '나'가 이 이야기를 알고 있었다면, 마찬가지로 악마에게 매료당한 자가 만든 곡이라는 불온한 이유 때문에 듣고 있었을지도 모른다.

조니 리버스 〈Johnny B. Goode〉

수록 앨범
《Here We à Go Go Again!》
1964년

등장 작품
『양을 둘러싼 모험』

『양을 둘러싼 모험』에서 특별할 것 없는 한 장면. 여자친구가 '나'의 집에서 조니 리버스의 카세트테이프를 튼다. '나'가 석간신문을 열심히 읽는 사이에 리버스는 척 베리의 〈Johnny B. Goode〉 등 오래된 로큰롤을 계속 노래한다. 신문을 읽는 시간의 길이로 풍부한 커버곡 레퍼토리를 나타내는 모습이 꽤 세련되었다.

1950년대 후반에 커리어를 시작하기는 했으나 별다른 인기를 끌지 못한 조니 리버스. 그가 주목받게 된 계기는 1964년에 개점한 로스앤젤레스의 나이트클럽 '위스키 어 고고'에서의 라이브 활동이었다.

로큰롤이나 R&B를 커버한 곡이 인기를 끌고, 무대 실황을 녹음한 라이브 음반도 히트. 커버의 명수라 불리며 그 활약은 밥 딜런도 인정할 정도였다. 딜런은 자서전에서 그가 노래한 〈Positively 4th Street〉를 들었는데 자기가 노래하는 원곡보다도 훨씬 좋았다며 칭찬을 아끼지 않았다.

3장

팝

잃어버린 미래를 애도하다

비치 보이스 〈Wouldn't It be Nice〉

수록 앨범
《Pet Sounds》
1966년

　무라카미 하루키와 브라이언 윌슨. 현재 이 두 사람만큼이나 그 작품의 공통성이 자연스럽게 느껴지는 작가도 없을 것이다. 물론 전자는 마라톤을 매년 달릴 정도의 건강을 자랑하고 있으며, 후자는 마약 중독에 빠져 정신병도 앓았다는 차이가 있다. 하지만 두 사람의 작품이 품고 있는 주제—손이 닿지 않는 것에 대한 애절한 마음과 몸이 뒤틀릴 정도의 상실감—가 서로 공명한다는 것은 누가 봐도 명백하다. 무라카미 하루키가 《Pet Sounds》의 해설서를 번역했다는 사실에 놀랄 독자는 거의 없을 것이다.

　하지만 역사를 망각해서는 안 된다. 《Pet Sounds》가 일본에서 평가된 것은 어디까지나 1990년대 이후의 일이다. 브라이언 윌슨이 기적적인 부활을 이룬 1988년의 일이 계기가 되었을 것이다. 하지만 이듬해, 일본에서 CD로 판매되었을 때(라이너 노트는 가수이자 음반 제작자인 야마시타 다쓰로가 작성) 역시 거의 화제가 되지 않았다. 이 앨범의 위대함을 젊은 세대에 알린 것은 시부야계 뮤지션이다. 시부야계 밴드 '플리퍼스 기타'가 마지막 앨범 《Doctor Head's World Tower》(1991년)에 〈God Only Knows〉를 샘플링했다는 것이 잘 알려져 있다. 시부야계라고 불리는 움직임에 어떤 역사적 의의가 있다면, 그것은 이러한 작품을 재평가했다는 점이라고 할 수 있겠다. 바꾸어 말하면 그때(무라카미 하루키의 작품으로 말하자면 1988년에 간행된 『댄스 댄스 댄스』)까지의 브라이언 윌슨은 저자 자신의 말을 빌리자면 "입에 착 달라붙는 팝송을 부르는 단순한 팝스타"에 지나지 않았다.

이런 사정은 미국에서도 크게 다르지 않다. 《Pets Sounds》가 1990년에 CD화되고, 1993년에는 비치 보이스의 30년에 걸친 활동을 기록한 박스 세트가 발매되었다. 이듬해에는 브라이언 윌슨에 초점을 맞춘 비치 보이스 전기가 티모시 화이트에 의해 집필되었다. 또한 박스 세트 《The Pet Sounds Sessions》(1997년) 발매나 텔레비전 다큐멘터리 〈Endless Harmony〉(1998년) 방영이 이어졌다. 흥미로운 사실은 이러한 브라이언 윌슨 재평가의 움직임이 미국 음악 신(Scene)에도 영향을 끼쳤다는 사실이다. 〈뉴요커〉의 음악 칼럼니스트 사샤 프레르 존스는 논쟁을 불러일으킨 2007년 기사에서, 1990년대 중반 이후의 인디 록 신에서는 "흑인 음악의 영향이 약해지고" 대신 젊은 음악가의 "뮤즈"로 대두한 것이 브라이언 윌슨이라고 주장했다.

그리고 무라카미 하루키의 소설이 영미권에서 읽히기 시작한 것이 바로 이쯤이다. 작가에 관한 기사의 수를 살펴보면 일목요연하다. 영미권에서는 1980년대 후반에 무라카미 하루키에 관한 기사가 나타나기 시작해서, 1990년대 후반부터 그 수가 급격하게 늘어난다. 요약하자면 이렇다. '무라카미 하루키의 세계적인 평가 상승과 브라이언 윌슨의 재평가 움직임은 정확하게 겹친다.'

무라카미 하루키는 비치 보이스의 리더에 관해서 다음과 같이 말한 적이 있다. "결국, 이제 와서 생각해보면 브라이언 윌슨의 음악이 내 마음을 두드린 것은 그가 '손이 닿지 않는 먼 장

소'에 있는 것에 대해서 진지하고 열심히 노래했기 때문이 아
닐까"라고 말이다. 1979년에 작가로 데뷔한 무라카미 하루키는
1960년대에 '손이 닿지 않는 먼 장소'에 대해서 노래한 브라이
언 윌슨(비치 보이스)을 통해서 '상실'이나 '죽음'의 모티프를 자
신의 작품에 적용했다.

비치 보이스 〈California Girls〉

042

수록 앨범
《Summer Days》
1965년

비치 보이스라는 미국 서해안 음악(1960년대 후반부터 미국 서부 해안에서 유행한 음악 - 옮긴이)을 하는 그룹에 무라카미 하루키가 보통 이상의 애정을 갖고 있다는 사실은 널리 알려져 있다. 그렇다면 작품 속에서 그는 어떤 식으로 비치 보이스와 관련되는 고유명사를 다루었고, 그것은 독자에게 어떤 식으로 받아들여졌을까? 1979년 6월호 《군조》에 신인상 수상작으로서 처음으로 이 작가의 작품이 게재되었을 때, 그곳에 통주저음(반주 화음의 기초가 되는 가장 낮은 음 - 옮긴이)으로 흐르는 〈California Girls〉라는 곡명은 당시 독자에게 어떤 이미지를 안겼을까?

무라카미 하루키 작품을 세밀하게 뜯어보면, 내리쬐는 태양 아래에서 비키니를 입은 여자가 흰 모래밭을 달려가는 듯한 밝은 이미지로 비치 보이스가 쓰이는 경우는 극히 적다는 사실을 알 수 있다. 오히려 이 그룹의 곡이 작품 속에 흐르면 그곳에는 항상 불길한 예감이 감돈다. 비치 보이스의 이름은 그 곡을 읊조리거나 듣는 것만으로 등장인물이 반드시 비극을 겪는 음악

<u>으로</u> 기억된다.

가장 인상적인 것은 '나'의 카스테레오에서 흘러나오는 〈Fun, Fun, Fun〉에 맞춰서 휘파람을 불었던 고탄다가 이야기 후반에 스스로 목숨을 끊는 『댄스 댄스 댄스』가 있을 것이다. 『노르웨이의 숲』 마지막에서 레이코 씨가 레이 찰스나 캐럴 킹뿐만 아니라 비치 보이스의 곡을 연주하는 장면에는 나오코의 죽음이 강렬하게 그림자를 드리우고 있고, 『신의 아이들은 모두 춤춘다』의 단편 「타일랜드」에서 〈Surfer Girl〉을 가라오케 바에서 열창하는 주인공은 과거에 아이를 낙태한 탓에 상대 남자의 죽음을 염원했다. 이렇듯 비치 보이스는 무라카미 하루키의 작품에서 누차 '죽음'의 음악으로 울려 퍼졌다.

그것이 '죽음'의 배경음악까지는 아니라 하더라도 비치 보이스의 곡과 함께 주인공의 곁을 떠나는 등장인물은 적지 않다. 〈California Girls〉의 번역 가사까지 게재했던 데뷔작 『바람의 노래를 들어라』에서 여자가 '나'에게 빌려준 LP가 비치 보이스의 LP라는 것이 판명된 시점에서 그녀가 훗날 실종될 것을 충분히 예상할 수 있다. 또 『댄스 댄스 댄스』의 렌터카 안에서 〈Surfin' U.S.A〉의 후렴구를 둘이서 합창했던 유키가 마지막에 '나'의 곁을 떠나는 장면의 지나칠 정도의 애절함을 과연 어떻게 형용해야 좋을까. '나'는 그러한 감정을 '상실감'이라고 직접 밝힌다. 이런 식으로 비치 보이스를 '상실'이나 '죽음'과 연관짓는 해석이 특별히 놀랍지 않은 것은, 우리가 브라이언 윌슨이 세계적으로 재평가된 1990년대 이후의 세계에 살고 있기 때문일 것이다.

중요한 것은 우리가 지금 비치 보이스의 초기 작품을 《Pet Sounds》를 통해 들을 수 있게 되었다는 사실이다. 단순히 입맛에 맞는 팝송으로서가 아니라, 그 배후에 자리한 고독이나 좌절 등의 주제나 뛰어난 음악성의 씨앗도 읽을 수 있게 되었다. 〈California Girls〉의 오싹오싹한 인트로는 〈Wouldn't It be Nice〉의 의외성을 통해서 전경화(前景化)되며, 〈Summer

Means New Love〉는 버트 바카락을 오마주한 〈Let's Go Away for Awhile〉로 승화되는 오프닝 곡이라 할 수 있다. 그리고 〈Surfer Girl〉에서 노래하는 순수한 마음을 〈Caroline, No〉의 절망과 떼어내서 생각할 수는 없다. 무라카미 하루키를 읽는다는 것은 《Pet Sounds》를 통해서 비치 보이스의 초기 작품을 듣는다는 것이기 때문이다. 그것은 과거의 한 시점에서 잃어버린 미래를 애도하는 행위이자, 그 도착(倒錯)된 시간에 스스로의 몸을 두는 것이라 할 수 있다. 그리고 우리는 그 상실감에 몇 번이나 눈물을 흘리면서 그곳에서 천천히 새로운 한 걸음을 내디딘다.

빙 크로스비 〈Danny Boy〉

043

수록 앨범
《Merry Christmas》
1941년

　〈Danny Boy〉는 1910년에 영국의 변호사 겸 시인인 프레드릭 웨더리가 〈Londonderry Air〉라는 아일랜드 민요의 선율에 가사를 입힌 곡이다. 1915년에 세계적으로 유명한 오스트리아 오페라 가수 에르네스티네 슈만―하인크가 녹음함으로써 널리 알려지게 되었다. 그 후에도 글렌 밀러 오케스트라(1940년), 빙 크로스비(1941년), 해리 벨라폰테(1956년) 등 수많은 음악가들이 이 곡을 커버했다. 아일랜드를 대표하는 곡으로 널리 알려져 있다.

　"당신은 떠나고, 나는 기다리네요"라며 사랑하는 사람과의 이별을 노래한 가사가 남녀의 이별을 나타내는 것인지, 그게 아니면 부모자식 간의 관계를 노래한 것인지 다양한 해석이 존재한다. 또한 '당신'이 어디로 떠나는지에 대해서도 그것이 전쟁이라는 설, 혹은 1840년대의 감자 대기근을 계기로 신대륙으로 이주하는 것을 노래한 것이라는 주장도 있다. 어쨌든 '당신'이 돌아올 때(혹시 돌아올 수 있다면), 화자는 이미 없을 것이라는 사실을 시사하고 있으며, "당신은 내가 누워 있는 장소를 찾아서 / 무릎을 꿇고 작별 인사를 하겠지"라는 가사가 이 곡이 가진 슬픔과 아름다움을 보여준다.

『세계의 끝과 하드보일드 원더랜드』의 서두, 엘리베이터에 갇힌 화자는 휘파람으로 〈Danny Boy〉를 분다. 하지만 "폐렴이 악화된 개의 숨소리 같은 소리밖에 나오지 않았"기 때문에, 다른 일을 하며 시간을 때우기로 한다.

다음으로 이 곡이 흐르는 것은 작품 후반의 클라이맥스라고 해도 좋을 장면이다. 화자는 '박사'가 한 수술에 의해 자신이 곧 의식을 잃을 것이라는 사실을 알고 있다. 그는 그 마지막 날을 도서관에서 알게 된 여자 사서와 보낸다. 둘은 소파 위에서 빙 크로스비의 LP를 들으면서 화자가 〈Danny Boy〉를 노래한다.

두 번째로 그것을 노래하니 나는 어째서인지 슬픈 마음이 들었다. "가서도 편지 쓸 거야?" 그녀가 물었다.

"쓸게." 나는 대답했다. "만약 그곳에서 편지를 보낼 수 있다면."

말할 필요도 없이 사서는 화자의 의식이 곧 사라진다는 사실을 모른다. 이 상황과 헤어진 두 사람 중 한 명이 죽는다(의식을 잃는다)는 〈Danny Boy〉의 가사가 미묘하게 공명한다는 사실을 알 수 있다.

『세계의 끝과 하드보일드 원더랜드』는 화자의 현실을 그린 '하드보일드 원더랜드'와 화자가 의식 속에서 만들어낸 '세계의 끝'이라는 장이 교차되는데, 이 다음의 '세계의 끝' 장에서 '나'는 아코디언을 들고 코드를 더듬어가며 멜로디를 연주한다. 그것은 "내가 잘 알고 있을 터인 노래"인 〈Danny Boy〉였다. "음악은 긴 겨울이 얼어붙게 만든 내 근육과 마음을 녹이고, 내 눈에 따뜻하고 그리운 빛을 주었다." 이 작품에서 〈Danny Boy〉는 삶과 죽음뿐만 아니라, 현실과 무의식의 가교 역할을 담당한다. 〈Danny Boy〉의 마지막 구절은 다음과 같다.

내 무덤 위를 부드럽게 밟는 당신의 발자국 소리를 듣겠지 / 당신이 몸을 굽혀 사랑한다고 말해줄 거야 / 내 무덤은 따뜻해지고 달콤해지겠지 / 당신이 돌아올 때까지 나는 편히 잠들 수 있을 거야

화자는 이 곡의 선율에 의해서 '세계의 끝'이 자신이 만들어낸 세계라는 사실을 깨닫고, 그 계시는 '따뜻함'과 함께 작품의 결말을 결정짓는다.

델스 〈Dance Dance Dance〉

044

수록 앨범
《Oh, What a Nite》
1957년

델스는 일리노이 주 하베이 출신의 흑인 보컬 그룹이다. 멤버 전원이 고등학생이었던 1952년에 엘 레이스라는 이름으로 활동을 시작, 시카고의 체스 레코드의 자회사인 체커 레코드와 계약했다. 그 후 델스로 개명해서 비—제이 레코드로 이적하더니 1956년에 〈Oh, What a Nite!〉가 빌보드 R&B 차트에서 4위를 기록. 1960년대 후반에 다시 체스 레코드 휘하의 카뎃 레이블에 소속되어 〈Stay in My Corner〉가 빌보드 R&B 차트 1위, 싱글 차트 10위에 오르는 등 크게 히트한다. 이후, 멤버 교체 등을 경험하면서 2012년까지 실로 60년 동안 활동을 계속했다.

『댄스 댄스 댄스』는 종종 비치 보이스의 동명의 곡에서 제목을 따왔다고 오해받지만, 사실은 델스가 1957년에 〈Why Do You Have to Go〉의 B면으로 발표한 곡명에서 유래한다. 무라카미 하루키는 로마에서 이 작품을 집필 중에 델스 앨범을 자주 들었다고 한다. "일본을 출발하기 전에 집에 있는 오래된 LP를 긁어모아서 자체 올드 팝 테이프를 만들었"는데, 바로 그 테이

프 안에 들어 있었던 것이다. 하루키는 이 곡에 대해서 다음과
같이 말했다.

실로 옛날 느낌이 나는 리듬 앤 블루스 타입의 곡이다. 느긋하고
거친 느낌으로, 그 주변이 이상하게도 검다. 그 곡을 로마에서 매
일 멍하니 듣고 있는 동안 그 타이틀에 고무되어 글을 쓰기 시작
했다.(『먼 북소리』)

『댄스 댄스 댄스』는 무라카미 하루키의 초기 작품의 집대성
이라 할 수 있다. 그 주인공은 『바람의 노래를 들어라』, 『1973년
의 핀볼』, 『양을 둘러싼 모험』과 동일하고, 이야기적으로도 이들
작품을 총괄하는 의미가 강하게 내포되어 있다. 또한 무라카미
하루키의 개인사적으로도 하나의 전환점이 되는 작품이었던 듯
싶다. 무라카미 하루키는 마흔 살이라는 나이를 하나의 '전환점'
으로 보고 있었고, "그것은 무언가를 가져 오고, 그것은 무언가

를 나중으로 남겨두는 것"이라고 생각했다. "그 정신적인 재조합이 끝난 뒤에는 좋든 싫든 더는 돌아갈 수는 없다"라고.

이리해서 그는 마흔 살이 되기 전인 3년간 일본을 떠나서 그리스, 시실리 섬, 로마, 런던으로 옮겨 다니며 두 편의 소설, 즉 『노르웨이의 숲』과 『댄스 댄스 댄스』를 집필하게 된다.

작품은 '나'가 현실 세계로 돌아오는 이야기다. 화자는 "어디로도 갈 수 없다", "무엇을 갈구해야 좋을지 알 수 없게 되었다"는 식으로 스스로에게 답답한 마음을 느끼고 있으며, 오래전의 '돌고래 호텔'(현재는 돌핀 호텔)에서 '양사나이'와 재회한다. 그곳에서 '양사나이'는 화자에게 "춤춰"라고 충고한다.

계속 춤춰. 왜 춤추는지를 생각해서는 안 돼. 의미 같은 걸 생각해서는 안 돼. 의미 같은 건 원래부터 없었어. 그런 걸 생각했다간 발이 멈추고 말아.

　　돌핀 호텔의 프론트에서 일하는 '유미요시 씨', 그녀를 통해서 만나는 '유키', 그리고 중학시절의 동급생이자 배우인 '고탄다'나 귀가 예쁜 '키키' 등 다양한 사람들과 만나고, 또 그들의 죽음을 경험한다. '나'는 줄곧 춤을 추지만, 그 모습은 "어느 한 시기에 달성되었어야 할 무언가가 달성되지 않은 채 끝나고 만" 작가 자신의 초조함을 반영했던 것일지도 모른다.

빙 크로스비 〈White Christmas〉

045

수록 앨범
《Holiday Inn》
1942년

　어빙 벌린이 작곡한 〈White Christmas〉는 역사상 세계에서 가장 많이 팔린 곡이다. 기네스북 기록에 따르면 그 판매고는 5천만 장 이상, 앨범 이외의 매체를 가산하면 그 수는 1억 장이 넘는다.

　벌린은 제2차 세계대전 전의 미국을 대표하는 작곡가로, 이외에도 〈Alexander's Ragtime Band〉나 〈Blue Skies〉 등 수많은 히트곡으로 유명하다. 그가 실제로 어느 시점에 〈White Christmas〉를 작곡했는지는 확실하지 않지만, 그것이 빙 크로스비와 프레스 아스테어 주연의 영화 〈스윙 호텔〉의 삽입곡으로 결정되고, 1941년 12월 24일에 라디오 프로그램에서 빙 크로스비가 이 곡을 노래한 것이 첫 기록으로 남아 있다. 말할 필요도 없이 그것은 일본에 의한 진주만 공격이 있은 지 몇 주 후의 일로, 다음 해에 영화가 공개되자 태평양 전쟁에 종군하는 수많은 병사가 이 곡을 전선에서 틀었다고 한다.

　러시아 이민 가정에서 태어난 유대계인 벌린이 크리스마스 곡을 작곡한 이유에 대해서도 다양한 설이 있다. 그가 어렸을 때부터 크리스마스를 좋아했다는 설도 있고, 당시 음악 산업의 치열한 싸움이 '귀속 의식'보다도 산업주의를 우선했기 때문이라는 설도 있다.

미국에서는 이 곡 때문에 크리스마스 때 눈이 내리는 이미지가 널리 퍼졌다고 하는데, 무라카미 하루키 작품 속에서는 『양을 둘러싼 모험』의 후반, 양사나이와 대면한 뒤에 두 번째 눈이 그치고 "다시 깊은 침묵이 서리처럼 다가왔다"라는 묘사와 함께 마치 그 침묵을 깨뜨리려는 듯 "자동 반복으로 놓고 빙 크로스비의 〈White Christmas〉를 스물여섯 번 들었다"고 서술한다. 또한 『세상의 끝과 하드보일드 원더랜드』에서도 '땅속 세계'를 '여자'와 나아가는 장면에서 "어둡고 차갑다"라는 이유로 화자가 이 곡을 노래한다.

스키터 데이비스 〈The End of the World〉

046

수록 앨범
《The End of the World》
1962년

〈The End of the World〉는 아서 켄트가 작곡하고 실비아 디가 작사한 곡을 컨트리 가수 스키터 데이비스가 1962년에 싱글(정규 앨범에는 1963년에 수록 – 옮긴이)로 발표한 곡이다. 빌보드 싱글 차트 2위까지 올랐을 뿐만 아니라, 컨트리나 R&B, 또한 이지 리스닝 차트 모두 5위권에 오른 히트곡이다. 데이비스는 켄터키 출신의 가수로 10대 때 '데이비스 시스터스'로 데뷔 후, 1955년에 솔로 활동을 시작한다. 기타리스트이자 RCA 레코드의 프로듀서이기도 한 쳇 앳킨스에게 발탁되어, 이른바 '내슈빌 사운드'(1950년대 후반 미국 내슈빌에서 시작된 컨트리 음악의 한 양식 – 옮긴이)라고 불리는 도시 지역 거주자들을 대상으로 한 세련된 컨트리 음악을 대표하는 가수로 활약했다. 한때 바 밴드로 유명한 NRBQ의 조이 스팸피나토와 결혼한 적도 있다. 그 후, 이 곡은 카펜터스를 시작으로, 신디 로퍼, 라나 델 레이 등 수많은 아티스트들에 의해서 커버되었다. 일본에서도 다케우치 마리야, 하라다 도모요 등이 커버했다.

『세계의 끝과 하드보일드 원더랜드』에는 가사가 표제문에 인용되었다.

태양은 왜 지금도 빛나고 있나요 / 새들은 왜 지금도 지저귀고 있나요 / 그들은 모르는 건가요 / 세상이 이미 끝나버렸다는 것을

하지만 자세히 살펴보면 이 표제문에는 다소 부자연스러운 점이 있다. 분명 표제문에 기록된 4행은 이 곡에서 인용한 것이지만, 첫 행과 두 번째 행은 각각 다른 구절에서 한 행씩 가져온 것이고, 무엇보다도 원래 가사에는 "세상이 이미 끝나버렸다는 것을" 다음에 "왜냐면 더 이상 당신은 나를 사랑하지 않으니까요"라는 한 행이 더 존재하기 때문이다. 즉, 무라카미 하루키는 〈The End of the World〉의 가사를 표제문으로 삼을 때 "세상이 이미 끝나버렸다"는 이유를 의도적으로 생략했다는 사실을 알 수 있다.

비지스 〈New York Mining Disaster 1941〉

047

수록 앨범
《Bee Gees 1st》
1967년

단편 「뉴욕 탄광의 비극」은 영국 출신의 형제 그룹 비지스의 동명의 곡에서 영감을 받은 작품이다. 비지스의 첫 히트곡이자, 1967년에 영국과 미국에서 각각 12위와 14위를 했다. 그 후, 1970년대 들어서는 영화 〈토요일 밤의 열기〉의 테마곡 등으로 히트를 연발하여, 『노르웨이의 숲』이나 『댄스 댄스 댄스』에서도 배경음악으로 등장한다. 이 곡은 비틀스의 영향이 느껴지는 듯한 하모니가 인상적인데, 무라카미 하루키는 곡 자체는 그다지 좋아하지 않는다고 밝혔다.

애당초 비지스는 1966년에 남 웨일스에서 발생한 탄광 사고에서 이 곡의 영감을 받았다고 밝힌 바 있다. 탄광촌 알베르판에서 석탄 슬러리가 무너지면서 초등학교를 덮쳤고, 116명의 어린이를 포함한 144명이 희생된 대참사였다.

잡지 『BRUTUS』 1981년 3월호에 처음으로 게재된 후 단편집 『중국행 슬로보트』에 수록된 「뉴욕 탄광의 비극」은 읽고 난 후에 찝찝한 느낌이 남는 실험적인 작품이다. 단편은 크게 세

등장 작품
「뉴욕 탄광의 비극」(『중국행 슬로보트』)

부분으로 나뉘는데, 첫 파트에서 스물여덟 살의 화자 주변에서 지인이 계속해서 사망하고, 그때마다 그는 친구에게 상복을 빌리러 간다. 그 친구는 태풍이 올 때마다 동물원을 찾는 기묘한 습관을 갖고 있었다. 다음 파트에서 화자는 롯폰기의 파티에서 한 여성과 알게 되는데, 그녀는 예전에 화자를 닮은 남성을 살해했다고 고백한다. 그리고 마지막 파트에서 당돌하게도 탄광 사고에 휘말린 광부들의 모습이 그려진다. 그들은 남은 산소를 걱정하면서 마른침을 삼키며 구조를 기다린다.

삶과 죽음, 그리고 생존이라는 주제가 무라카미 하루키 특유의 세계 속에 그려진 걸작이라고 할 수 있다. 또한 탄광에 갇힌 상태로 아내에게 마음을 전하는 가사는 '우물'에 잠수하여 아내를 찾는 『태엽 감는 새』를 방불케 한다.

냇 킹 콜 〈South of the Border〉

※녹음 기록 없음

『국경의 남쪽, 태양의 서쪽』 서두, 화자의 유년 시절에 대해서 서술된 부분에서 〈South of the Border〉가 흐르는 장면이 있다. 화자는 초등학교 때 자신과 마찬가지로 외동인 '시마모토'라는 여자아이와 마음이 통한다. "만약 형제가 있었으면 하고 생각한 적 있니?"라는 질문을 받은 화자는 "없어"라고 대답한다. 왜냐면 "만약 형제가 있었다면 나는 지금과는 다른 내가 되어 있었을 것"이기 때문이다. 그 직후 냇 킹 콜이 부르는 〈South of the Border〉가 "멀리서 들렸"는데, 여기서 중요한 것은 현실에는 냇 킹 콜이 이 곡을 녹음하지 않았다는 것이다. 가장 유명한 것은 프랭크 시나트라와 빌리 메이가 1953년에 발표한 버전으로, 빌보드 싱글 차트 18위까지 올랐다. 그것은 애당초 외동인 화자가 자신에게 형제가 있는 세계를 상상할 수 없는 것처럼, '냇 킹 콜이 〈South of the Border〉를 부른다'라는 묘사 그 자체가 어떤 종류의 '세계의 불가능성'을 나타낸다.

　흥미로운 사실은 『양을 둘러싼 모험』 후반에도 냇 킹 콜이 이 곡을 노래하는 장면이 등장하고, 그곳에서는 "방의 공기가 1950년대로 되돌아가버린 듯한 느낌이었다"라고 묘사한다. 이 곡은 '어째서인지 있을 것 같은데 실제로는 존재하지 않는' 무라카미 특유의 판타지를 상징한다고 할 수 있다. 카우보이 스타일로 알려진 진 오트리 주연의 동명의 영화 주제가로 발표된 이 곡은, 국경을 넘어서 멕시코에서 만난 여성과의 추억을 노래한 것이자, 그것이 1930년대 할리우드 영화의 전형적인 이국정서에 기반했다는 사실은 말할 필요도 없다. 여기서 상상 속의 세계로서 등장하는 멕시코는 냇 킹 콜이 〈South of the Border〉를 부르는 세계와 마찬가지로 현실에는 존재하지 않는다. 그리고 그 불가능한 세계의 리얼리티야말로 무라카미 하루키가 일관되게 묘사하는 것이다.

슬라이 앤 더 패밀리 스톤 〈Family Affair〉

049

수록 앨범
《There's a Riot Goin' on》
1971년

슬라이 앤 더 패밀리 스톤은 오클랜드 출신의 펑크 밴드다.
무라카미 하루키 작품에서는 데뷔작인 『바람의 노래를 들어라』
나 『댄스 댄스 댄스』에서 1968년에 발표된 〈Everyday People〉
과 관련된 서술을 볼 수 있는데, 처음으로 빌보드 싱글 차트 1위
에 오른 곡이다. 당시로서는 특이하게 흑인과 백인의 혼성 밴드
이자, 이 곡이 수록된 앨범 《Stand!》는 1960년대 후반 미국의
강하고 낙관적인 분위기를 반영했다.

그 후 밴드는 우드스톡 페스티벌에서 역사적인 퍼포먼스를
선보이지만, 리더인 슬라이 스톤의 약물 의존 증상은 악화되고,
오클랜드의 블랙 팬서당(흑인 무장 조직이자 정치 조직 – 옮긴이)이
백인 멤버의 해고를 요구하는 등 수많은 문제를 안고 있었다.
이윽고 슬라이가 갱 조직원을 밴드 스태프로 고용하여 멤버 간
에 결정적인 마찰이 발생하게 된다. 이러한 밴드 내 혼란을 반
영한 것인지는 몰라도 1971년에 발표된 싱글 〈Family Affair〉
는 전작과는 다른 내성적인 사운드로 팬들을 놀라게 했다. 리듬

등장 작품
「패밀리 어페어」(『빵가게 재습격』)

박스의 통통 튀는 비트에 나른한 보컬이 울려 퍼진다. 펑크 뮤직의 고양감은 전혀 없으며, 미니멀한 사운드에 사적인 내향성이 표현되어 있었다. 펑크의 자기 관찰, 그것은 어떤 운동에 대한 포기와 맞바꾸는 대신 공감에 의한 확산을 목표로 한 흑인 음악의 탄생을 의미했다.

『빵가게 재습격』에 수록된 단편 「패밀리 어페어」는 『노르웨이의 숲』과도 연결되는 작품이다. 어렸을 때부터 사이가 좋았던 남매가, 여동생의 연인에 대한 위화감 탓에 관계가 삐걱거리게 된다는 스토리다. 끝내 둘은 서로의 의견이 맞지 않는다는 사실에 동의하는데, 그것은 체관(諦觀)과 함께 사람과의 인연을 노래하는 슬라이의 곡 내용과도 완벽하게 호응한다.

보비 비 〈Rubber Ball〉

050

수록 앨범
〈Bobby Vee〉
1960년

　보비 비는 〈Take Good Care of My Baby〉의 히트로 잘 알려진 백인 남자 가수다. 1959년 2월, 버디 홀리와 리치 발렌스가 비행기 사고로 사망하여, 그들이 출연하기로 예정되었던 라이브에 급히 대역으로 출연하여 데뷔했다. 그 후 로스앤젤레스의 리버티 레이블과 계약, 유명 프로듀서 스너프 가렛 휘하에서 틴 아이돌로 두각을 나타낸다. 1960년에 〈Devil or Angel〉로 처음으로 빌보드 싱글 차트 탑10에 진입했으며, 그 기세를 타고 같은 해 발매된 것이 〈Rubber Ball〉이다.

　이 곡은 『1973년의 핀볼』에서 "1960년, 보비 비가 〈Rubber Ball〉을 부른 해다"라며, 마치 그 해를 대표하는 듯 언급되지만, 그것은 사실이 아니다. 〈Rubber Ball〉은 빌보드 싱글 차트 6위까지 올랐지만, 1960년 최대의 히트곡은 퍼시 페이스 오케스트라의 〈Theme From a Summer Place〉이며, 9주 연속 빌보드 싱글 차트 1위를 기록했다. 엘비스 프레슬리도 〈It's Now or Never〉와 〈Are You Lonesome Tonight?〉이 각각 5주와 6주

연속 1위를 달성했으며, 그 밖에도 드리프터스 〈Save the Last Dance for Me〉, 레이 찰스의 〈Georgia on My Mind〉 등 현재에도 널리 알려진 곡이 이 해의 히트송으로서 줄지어 늘어서 있다.

여기에는 초기 하루키 작품의 독특한 음악 사용법이 그대로 드러나 있다고 할 수 있다. 즉, 객관적인 의미에서의 히트곡이 아니라, 등장인물의 사적인 선곡을 단정적으로 말함으로써 누구나 알고 있는 고유명사에 의한 '정통적인 역사'—예를 들면 여기에서 드리프터스의 〈Save the Last Dance for Me〉가 선택된 경우를 상상하면 좋을 것이다—가 빠지고, 독자가 각자의 경험에 근거한 곡을 대입하는 '공백'으로 기능하는 것이다. 이러한 대체 가능한 기호야말로 작품과 독자 사이에 공감의 회로를 발생시킨다.

냇 킹 콜 〈It's Only a Paper Moon〉

051

수록 앨범
〈It's Only a Paper Moon〉
1943년

〈It's Only a Paper Moon〉은 1933년에 해럴드 알렌이 작곡하고 에드가 이프 하버그와 빌리 로즈가 작사한 곡으로, 브로드웨이를 위해서 준비한 곡이다. 그 후 영화에도 사용되었지만, 처음으로 히트한 것은 백인 빅밴드 오케스트라인 폴 화이트맨 악단이 연주한 버전으로, 페기 히어리의 노래와 버니 베리건의 트럼펫을 피처링한 것이었다. 그 후 '우쿨렐레 아이크'라는 애칭으로 잘 알려진 클리프 에드워즈, 엘라 피츠제럴드, 게다가 베니 굿맨 등 수많은 아티스트가 이 곡을 커버했지만, 가장 유명한 것은 냇 킹 콜이 1943년에 노래한 버전일 것이다. 또한 제2차 세계대전 후에는 피터 보그다노비치 감독의 히트 영화 〈페이퍼 문〉의 삽입곡으로 선택되었고, 영화를 기반으로 한 텔레비전 시리즈도 제작되었다. 더불어 해럴드 알렌과 에드가 이프 하버그는 수년 후 뮤지컬 영화 〈오즈의 마법사〉의 테마곡 〈Over the Rainbow〉로 아카데미 주제가상을 수상한다.

『1Q84』의 서두, 아오마메가 호텔 바에서 남자와 대화를 나누는 장면에서 이 곡이 처음으로 흘러나오는데 "종이로 만들어진 달도 그대가 나를 믿어주면 진짜로 보이지요"라는 가사가 작품의 주제와 맞물려 공진하는 것은 이야기의 중반일 것이다. 아오마메가 헤매게 된 1Q84년과 '진짜' 1984년의 세계가 어떤 식으로 다른지를 묻는 장면에서 다음과 같은 대답이 돌아온다. "원리적으로는 같은 식으로 성립되었어. 네가 세계를 믿지 않으면, 또한 그곳에 사랑이 없으면 모든 것은 거짓된 것에 지나지 않아. 어느 세계라 하더라도, 어떤 세계에 있어도, 가설과 사실을 구분하는 선은 대개의 경우 눈에는 보이지 않지"라고.

이리해서 틴 팬 앨리(작곡가나 악보 출판업자들이 모이는 지역, 뉴욕 브로드웨이 28번가 일대의 속칭 – 옮긴이)의 스탠더드 곡을 모티프로 '탈 진실', '가짜 뉴스'적 상황을 2009년 시점에 생생하게 그려낸 점에서 무라카미 하루키는 예언자적인 작가라 해도 좋을 것이다.

버트 바카락 〈Close to You〉

052 ▶

수록 앨범
《The Carpenters》
1970년

버트 바카락은 1950년대부터 활약했으며, 작사가 할 데이비드와의 콤비로 유명한 미국 팝을 대표하는 작곡가다. 독특한 코드 진행이나 의외성 있는 멜로디 등 통상 문법과는 다른 방식을 사용하면서 세밀하고 애수가 느껴지는 걸작을 다수 남겼다. 〈Close to You〉는 원래 배우 겸 가수 리처드 챔벌레인이 1963년에 발표했으며, 바카락의 친구인 디온 워윅도 1965년에 발표했지만, 각각 빌보드 싱글 차트 42위와 65위에 머물렀다. 1970년에 4주 연속 1위를 획득한 카펜터스의 버전이 가장 유명하며, 바카락·데이비드의 대표곡 중 하나로 꼽힌다. 카펜터스는 이 곡으로 이듬해 그래미 상도 수상했다.

무라카미 하루키의 작품에서는 훗날 「창」으로 제목이 개정되는 단편 「버트 바카락은 좋아하세요?」(『캥거루 날씨』)가 바로 떠오를 것이다. 스물두 살의 화자가 '펜 소사이어티'라는 회사에서 회원이 보낸 편지의 첨삭 아르바이트를 한다. 그 회사를 그만두기 직전 그는 한 여성 회원의 집에 햄버그스테이크를 먹으러 간다. 그곳에서 두 사람은 "버트 바카락의 LP를 들으면서 신변 이야기를 했다." 결국 그날, 화자는 그대로 집으로 돌아오지만 "10년이 지난 지금도 (중략) 그때 그녀와 잤어야 했는지 어땠는지" 고민한다. 다음에 바카락의 곡이 인상적으로 사용되는 것은 『노르웨이의 숲』마지막 부분에서 '나'와 '레이코 씨'가 '나오코'를 추모하는 장면이다. 레이코 씨가 노래하는 카펜터스의 〈Close to You〉, 빌리 조 토마스 〈Raindrops Keep Falling on My Head〉, 디온 워윅 〈Walk on by〉는 모두 바카락의 대표곡이라 할 수 있는데, 마지막의 〈Wedding Bell Blues〉만큼은 레이코 씨의 착각(?)으로, 로라 니로의 곡이다.

퍼시 페이스 오케스트라 〈Tara's Theme〉

수록 앨범
《Tara's Theme From Gone with the Wind》
1961년

　퍼시 페이스는 '이지 리스닝'이라는 장르를 확립한 캐나다 출신 작곡가다. 그때까지 유행했던 관악기 중심의 앙상블이 아니라, 유려한 현악 어레인지를 특징으로 하는 연주는 1950년대 미국에서 절대적인 인기를 끌었다. 무라카미 하루키 작품에서는 이미 『양을 둘러싼 모험』에서 이 작곡가의 이름을 확인할 수 있으며, 그 후에도 『댄스 댄스 댄스』나 『애프터 다크』 등에서 반복해서 언급된다. 그중에서도 『태엽 감는 새』에 등장하는 '역 앞 세탁소 주인'의 인물 조형이 가장 전형적일 것이다. 고양이 실종 후에 넥타이를 찾으러 방문한 화자가 이지 리스닝 음악 마니아로 알려진 이 인물과 처음으로 만난다. 그때 주인은 퍼시 페이스 오케스트라의 〈Tara's Theme〉에 맞춰서 다림질을 하고 있다고 묘사된다.

　〈Tara's Theme〉는 말할 필요도 없이 마가렛 미첼 원작, 빅터 플레밍 감독의 1939년 영화 〈바람과 함께 사라지다〉의 테마곡으로, 맥스 슈타이너가 작곡한 것이며, 작품에서는 MGM 스튜디오 전속 오케스트라가 연주했다. 퍼시 페이스는 1961년에 이 곡을 포함한 영화음악 명곡집을 발매하여, 그의 레퍼토리 중에서도 대표적인 곡이 되었다.

사람에 따라서는 따분한 배경음악으로 들릴지도 모르지만, 무라카미 하루키는 이런 음악이 기본적으로 싫지 않은 듯하다. 그것은 1960년대에 '선진적인' 재즈 팬 중 다수가 프리 재즈에 경도되었을 때조차, 견실한 연주로 알려진 스탠 게츠를 계속 애호했던 그 자신의 미의식과 겹쳐진다. 과도하게 자기주장을 하는 것이 아니라, 스스로 주제를 파악하고 착실하게 익명적인 일을 하는 것. 하루키 작품에서 레스토랑이나 엘리베이터에 흐르는 배경음악의 곡명이 일일이 기술되는 것은 저자의 이러한 자세를 반영한 것이라 할 수 있다.

앤디 윌리엄스 〈The Hawaiian Wedding Song〉

054

수록 앨범
《Two Time Winners》
1958년

1927년에 태어난 미국의 국민 가수. 지역 교회에서 형제 세 명과 보컬 그룹을 결성했던 그는 1953년에 솔로로 전향하여, 1962년부터 1971년에 걸쳐서 텔레비전 프로그램 〈앤디 윌리엄스 쇼〉의 호스트를 맡았다. 여러 영화의 주제가를 불렀고, 〈Moon River〉나 〈Days of Wine and Roses〉 등이 대표곡으로 알려져 있다.

〈The Hawaiian Wedding Song〉은 원래 1926년에 하와이 출신인 찰스 E. 킹이 작곡한 것인데, 1958년에 리메이크한 버전을 앤디 윌리엄스가 불러서 빌보드 싱글 차트 11위에 오르는 히트곡이 되었다.

하루키 작품에서는 『태엽 감는 새』에 등장하는 세탁소에서 곡이 흘러나오는 장면이 인상적이다. 화자가 아내의 블라우스를 가져갔을 때 이지 리스닝 애호가이기도 한 주인은 앤디 윌리엄스의 〈The Hawaiian Wedding Song〉이나 〈Canadian Sunset〉을 열심히 듣고 있다고 묘사되어 있다.

무라카미 하루키는 이러한 이지 리스닝 작곡가나 가수에 대해서 이따금 언급하는데, 그 장르의 역사에 대해서 간단하게 짚고 가도록 하겠다. 사실 1950년대 중반에 로큰롤이 탄생했을 무렵, 33회전 '롱 플레이(LP)' 레코드가 재즈나 팝 등 성인 취향 음악 미디어로 정착되었다. 당시 미국 음악 시장은 '세대'에 따른 분화가 진행되어, 젊은층을 대상으로 한 곡이 싱글 앨범으로 유통되는 한편, 성인 대상의 음악은 LP로 녹음되었다.

이 '성인 장르'에서 활동한 것이 프랭크 시나트라나 앤디 윌리엄스 등의 가수이자, 앞서 서술했던 퍼시 페이스 등의 작곡가다. 그것은 음악 시장 전체에 큰 영향을 끼쳐, 빌보드는 1961년에 '이지 리스닝' 차트를 새롭게 창설했다.

마틴 데니 〈More〉

수록 앨범
《The Versatile Martin Denny》
1963년

등장 작품
『애프터 다크』

 '이그조틱 사운드' 창시자로 알려져 있는 작곡가이자 편곡가. 클래식 음악 교육을 받은 그는 1954년에 하와이를 방문해서 조개껍질이나 새소리, 혹은 가믈란 같은 민속 악기를 사용해서 '남국의 낙원'을 모티프로 한 사운드를 만들어낸다. 히트곡 〈Quiet Village〉가 수록되어 있는 앨범 《Exotica》는 일본에서는 YMO의 호소노 하루오미가 경도되었으며, 1990년대 이후에도 몬도 음악(무드 음악, 이지 리스닝 등 작곡가나 연주가가 자기주장을 하지 않는 익명성 높은 음악 등에서 진귀하거나 이국적인 요소를 선별하여 장르로서 명명한 것 – 옮긴이)이나 라운지 음악의 유행과 함께 재평가되었다. 『애프터 다크』에서 패밀리 레스토랑의 배경 음악으로 흐르는 〈More〉는 《The Versatile Martin Denny》에 수록된 곡이다. 원래는 영화 〈몬도 카네〉의 테마곡으로, 리즈 오르톨라니가 작곡한 것이다. 밤의 도시를 '일종의 세계'로 묘사하는 이 작품의 '이국정서'를 보다 진하게 느끼게 하는 상징적인 선곡이라고 할 수 있을 것이다.

훌리오 이글레시아스 〈Begin the Beguine〉

수록 앨범
《Begin the Beguine》
1981년

등장 작품
「훌리오 이글레시아스」(『밤의 거미원숭이』)

　지금까지 열네 개 언어로 80장 이상의 앨범을 발표, 전 세계에서 2억만 장 이상의 판매고를 올린 스페인의 국민가수이자, 대중음악 역사상 가장 성공한 가수 중 한 명. 가수로 데뷔한 것은 1960년대 후반이지만, 세계적인 인기를 얻게 된 것은 1981년에 〈Begin the Beguine〉 커버가 대히트하면서부터다. 잘생긴 얼굴과 멋진 목소리로 전 세계 여성을 매료시켰으며, 1980년대에는 일본 음악 방송에도 자주 출연했다. 하지만 당시에는 "제대로 된 음악 팬은 결코 훌리오 이글레시아스를 인정하지 않는다"는 분위기가 있었던 것도 사실이며, 단편 「패밀리 어페어」의 화자가 그 음악을 "두더지 똥"이라고 부르며, 『밤의 거미원숭이』에 수록된 단편 「훌리오 이글레시아스」에서 등장인물이 바다거북 퇴치를 위해서 "설탕물 같은 목소리"로 노래하는 이 곡을 트는 장면도 그런 문맥으로 볼 수 있다. 그렇다면 실제로 그 정도로 지독한 음악인지는 이 기회에 다시 한 번 들어보길 권한다.

레이 찰스 〈Hit the Road Jack〉

수록 앨범
《Ray Charles Greatest Hits》
1961년

등장 작품
『댄스 댄스 댄스』

　　미국을 대표하는 흑인 음악가 중 한 명이자, 블루스와 가스펠 등을 융합시켜서 소울 뮤직이라는 장르의 확립에 기여했다. 1952년에 애틀란틱 레코드와 계약한 후, 레이블을 대표하는 아티스트로서 〈What'd I Say〉(1959년), 〈Georgia on My Mind〉(1960년), 〈I Can't Stop Loving You〉(1962년) 등의 히트곡을 차례차례 발표했다. 맹인 가수이자, 『롤링 스톤스』가 2002년에 발표한 '가장 위대한 100명의 뮤지션'에서는 10위에 올랐다. 무라카미 하루키 작품에서는 이 곡처럼 "가사를 외울 정도로 매일 반복해서 들은" 올드 팝으로 언급되는 일이 많은데, 『댄스 댄스 댄스』에서 〈Born to Lose〉의 "나는 태어나고부터 줄곧 잃어버리기만 했어"라는 가사는 작품의 주제인 상실과 관련되어 있다.

헨리 맨시니 〈Dear Heart〉

수록 앨범
《Dear Heart》
1964년

등장 작품
「노르웨이의 숲」

　그래미 상 20회 수상을 자랑하는 영화 음악가, 편곡가. 제
2차 세계대전 종군 후, 당시 글렌 밀러 오케스트라를 이끌던 텍
스 베네키 밑에서 피아니스트와 편곡 일을 맡았다. 1940년대
후반부터 텔레비전이나 영화의 사운드트랙에 참여했다. 오손
웰스 감독의 영화 〈악의 손길〉이나 블레이크 에드워즈가 제작
한 텔레비전 시리즈 〈피터 건〉의 테마곡으로 일약 유명해졌으
며, 영화 〈티파니에서 아침을〉이나 〈술과 장미의 나날〉 등에서
들을 수 있는 아름답고 로맨틱한 선율은 아직도 많은 팬들에게
사랑받고 있다. 『댄스 댄스 댄스』에서 맨시니가 작곡한 〈Moon
River〉가 "천장에 삽입된 스피커"에서 흘러나오는 장면이 있다.
그때는 퍼시 페이스나 폴 모리아처럼 익명적인 배경음악으로
취급되었지만, 『노르웨이의 숲』에서는 크리스마스에 '나'가 나
오코에게 〈Dear Heart〉를 선물하면서 특별한 역할을 담당한다.

제임스 테일러 〈Up on the Roof〉

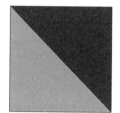

수록 앨범
《Flag》
1979년

등장 작품
「날마다 이동하는 콩팥 모양의 돌」(『도쿄기담집』)

단편 「날마다 이동하는 콩팥 모양의 돌」에서 흐르는 이 곡은 원래 캐럴 킹과 흑인 보컬 그룹 드리프터스가 1962년에 발표해서 빌보드 싱글 차트 5위까지 올랐던 히트곡이다. 킹과 제리 고핀은 어린 나이에 결혼해서 음악계에서 작곡가로서 활동을 시작한다. 그 후 두 사람은 이혼, 캐럴 킹은 1970년대에 친구인 제임스 테일러 등과 함께 싱어송라이터로 활약한다. "우울할 때는 지붕에 올라서 밤하늘과 거리를 바라봐. 그렇게 하면 고민도 사라질 거야"라는 가사에 대해서 고핀은 자신이 쓴 것 중 베스트라고 생각한다고 밝혔다. 제임스 테일러가 1979년의 《Flag》 앨범에 수록한 버전과 드리프터스의 오리지널을 꼭 한번 비교해보기 바란다. 둘 모두 하루키 작품에서 몇 번이나 등장하는 아티스트인데, 이 두 곡의 차이에서 시대의 변화를 느낄 수 있을 것이다.

리키 넬슨 〈Hello Mary Lou〉

수록 앨범
《Rick Is 21》
1961년

등장 작품
「1973년의 핀볼」

    텔레비전 아역배우로 활약했던 넬슨은 1957년에 아이돌 가수로 데뷔한다. 칼 퍼킨스를 동경하던 열일곱 살 때 발표한 앨범 《Ricky》가 대히트, 최연소 빌보드 앨범 차트 1위 기록을 갈아치웠다. 『1973년의 핀볼』에서 '1961년'을 대표하는 곡으로 거론되는 〈Hello Mary Lou〉는 빌보드 싱글 차트 1위에 오른 〈Travelin' Man〉의 B면으로 발표되었다. 여기에도 보비 비의 〈Rubber Ball〉과 마찬가지로, 무라카미 하루키의 독특한 자의적 선택이 보인다. 누구나가 알고 있는 공적인 히트곡을 기술함으로써 생기는 '공적인 역사'를 거절하고, 작품 곳곳에 대체 가능한 기호를 숨기는 것이다. 이렇게 함으로써 초기 하루키 작품에서 음악은 독자의 상상력을 환기하는 역할을 한다. 넬슨 자신은 그 후, 1970년대에 컨트리 록 장르를 개척하지만 이전만큼의 인기를 끌지는 못한 채 1985년에 교통사고로 사망했다.

클래식

다른 세계의 전조

비발디 〈조화의 환상〉

수록 앨범
엘리자베스 월피쉬, 잔느 라몬, 타펠무지크 바로크 오케스트라
《Vivaldi - L'Estro Armonico》
2007년

『1973년의 핀볼』에는 두 바로크 음악이 기묘한 포지션으로 등장한다. 하나는 헨델의 〈리코더 소나타〉로, 주인공이자 화자인 '나'의 예전 '여자친구'가 선물해준 것이라고 한다. '여자친구'와 '나'가 그 음악을 "틀어놓은 채로 몇 번이나 섹스를 했다"는 오래전 추억이 소설에 담겨 있다.

두 번째는 경찰 기동대가 대학에 진입했을 때, "비발디의 〈조화의 환상〉이 최대 볼륨으로 흘러나오고 있었다"는 묘사. 아무도 없는 바리케이드 안에서 비발디가 울려 퍼지고 있었다는 비현실적인 광경이기는 하지만, 그렇기 때문에 아름다운 시적 정서가 담겨 있다.

그것은 〈조화의 환상〉이라는 곡 제목 때문일지도 모른다. 그들이 하는 운동의 최종 목적인 '세계의 조화'가 환상으로 끝나버렸다, 그것도 결국은 환상에 불과한 것이었다고 독자들이 생각하게끔 하는 용도로 말이다.

물론 비발디의 이 협주곡집은 그러한 의도를 가지고 있지는

4장 클래식 - 다른 세계의 전조   150

않다. 이 〈조화의 환상〉은 〈조화의 영감〉이라는 또 하나의 해석
이 가리키는 것처럼 '소리의 조화에 관한 영감'이라는 의미에
지나지 않기 때문이다. 거기에는 작곡가의 "내가 새로운 화성을
이용해 작곡한 음악의 불꽃같은 폭발을 들어라!"라는 의욕 넘치
는 메시지도 담겨 있었음이 틀림없다.

하지만 이것이 비발디가 아니라 다른 클래식 음악이었다면
이런 정서는 전혀 생겨나지 않았을지도 모른다. 베토벤이었다
면 그 웅장함이 굉장히 꼴불견이었을 것이고(오에 겐자부로는
『핀치러너 조서』에서 이러한 장면을 묘사한 바 있다), 바그너였다면
오히려 우스꽝스러웠을 것이다. 신들의 성이 무너져 내리는 음
악과 함께 경찰 기동대가 들이닥치는 장면을 상상해보면 그야
말로 콩트나 다름없다.

이 장면에는 화려한 비발디의 음악이 진정 어울린다. 바리케
이드로 가로막혀 지금까지 어두컴컴했던 그곳에 늦가을의 부드
러운 빛이 비치는 가운데 무의미할 만큼 커다랗게 울려 퍼지는

비발디.

하루키의 작품 안에서는 과거를 아름다운 것으로서 회상할 때 바로크 음악이 연주된다. 앞에 서술한 헨델의 〈리코더 소나타〉는 이미 죽은 '여자친구'와의 되돌릴 수 없는 과거를 상징한다. 또는 『댄스 댄스 댄스』의 헨리 퍼셀, 『1Q84』의 텔레만도 현재와 과거의 깊은 단층을 암시하며, 역시 돌이킬 수 없는 과거를 "그렇게 감상적인 건 아니지만"이라는 몸짓과 함께 이야기한다. 모두 섹스를 한 다음 날 아침이라는 설정이다. 과거의 아름다움은 성적인 것과도 밀접하게 연관된다.

『1973년의 핀볼』의 시대(1980년)에는 급진적인 변화가 나타나기는 했지만, 대부분의 바로크 음악은 19세기부터 이어져 온 낭만파의 연장선상에 있었다. 그렇기 때문에 바로크는 기품 있고 향수를 자극하는 음악으로서 이 소설 안에서 기능해온 것이 아닐까.

현재 바로크 음악의 연주는 자유롭고 활달한 독주에 통주저음이 맹렬하게 비트를 새기는 것이 주류다. 당시의 음악이 지향하던 '감정을 따르는 극적인 표현'이 답습되고 있는 셈이다. 비발디의 〈사계〉 연주로 잘 알려진 이 무지치 체임버 오케스트라의 스타일에 익숙한 사람에게는 마치 헤비메탈이나 집시 음악이 연상될 법한 거칠고 날카로운 연주도 적지 않다. 〈조화의 환상〉에도 그러한 강렬하고 뜨거운 연주가 몇 군데 있다. 타펠무지크 바로크 오케스트라의 경쾌하게 질주하는 독주 바이올린과 유려한 통주저음. 이 연주와 함께라면 경찰 기동대에도 이길 수 있지 않았을까?

슈베르트 〈피아노 소나타 제17번〉

수록 앨범
유진 이스토민
《The Concerto and Solo Recordings》
1969년

『해변의 카프카』에서 등장인물이 한 음악에 대해 한참 동안 이야기하는 장면이 있다. 자동차를 운전하는 '오시마 씨'가 '나'(=카프카 소년)에게 슈베르트의 소나타 제17번에 대해 거침없이 설파하는 부분이다. 이 소나타는 불완전하고, 그렇기 때문에 끌리게 된다고.

하루키는 음악에 대해 쓴 에세이집 『의미가 없다면 스윙은 없다』에서도 이 곡을 대대적으로 다루었는데, 수많은 슈베르트 소나타 중에서도 특히 좋아한다고 적었다. 그리고 『해변의 카프카』의 오시마 씨가 말하는 슈베르트론은 작가의 관점과 완전히 동일하다고 보아도 좋다.

특히 슈베르트 소나타에 있는 '장황함'이나 '정돈되지 않은 느낌', '어수선하고 불편한 느낌'이 마음에 와 닿는다고 한다. 그리고 그것이 바로 막힘없이 자유로운 세계라고 강조한다.

분명히 슈베르트의 음악은 가볍다. 그러나 그 일상적이고 가벼운 음악이 갑작스럽게 어두운 빛을 띠더니 듣는 이를 상상을

등장 작품
『해변의 카프카』
『의미가 없다면 스윙은 없다』

초월하는 세계로 순식간에 이동시킨다. 그러더니 아무 일도 없었다는 듯 평온한 얼굴로 평소의 일상이 되돌아온다.

천재적인 감각으로 다채로운 세계를 누비는 모차르트의 음악과도, 활극에 가까운 극작법으로 듣는 이를 정신 못 차리게 하는 베토벤의 음악과도 다르다. 슈베르트의 음악은 결코 그런 예리한 전개를 보이지 않는다. 우직한 얼굴로, 아무 일 없는 일상의 곁에 정체 모를 세계가 진득하게 숨어 있다는 사실을 알려준다.

마치 누구의 소설과 같지 않은가? 그렇다, 본인도 애써 모른 척하고 있지만 무라카미 하루키의 장편소설은 슈베르트의 피아노 소나타와 매우 닮아 있다. 공통된 키워드는 '한 치 앞은 다른 세계'.

이 곡은 슈베르트의 소나타 중에서 결코 유명하다고는 할 수 없다. 4악장 구성에 40분 가까이 걸리는 대작으로, 『해변의 카프카』에서 오시마 씨의 말처럼 불완전함이 두드러진다. 방향 감각을 잃어버리게 만드는 듯한 어색한 변화, 앞으로 어떻게 진행될지 전혀 짐작할 수 없는 전개. 전체적인 통일감도 희박하고 조각조각 흩어진 것 같은 인상. 마지막 악장의 귀여우면서도 능청스러운 주제를 들으면 그 당돌함에 쓴웃음을 짓게 될 정도이다. 동시에 그것이 어둠을 띠는 중간부의 서늘한 느낌도 훌륭하다. 『댄스 댄스 댄스』나 『태엽 감는 새』 정도가 이 소나타 제17번의 세계에 가깝다고 해도 좋을 것이다. 정체를 알 수 없는 기묘한 인물이 갑자기 등장해서 소극적인 화자를 이상한 방향으로 끌고 간다. 『의미가 없다면 스윙은 없다』에서는 하루키 자신이 이 곡의 연주 앨범 열다섯 장을 늘어놓고 연주 평을 하고 있어서 실로 재미있다. 그가 추천하는 피아니스트는 유진 이스토민, 발터 클린, 클리포드 커즌, 레이프 오베 안스네스. 모두 담백하고 차가운 연주를 하는 사람들이다. 정성스럽게 표현한다거나 지나치게 지적인 인상을 주는 등 연주자의 체취가 강하게 느껴지는 연주는 철저히 멀리하고, 제각각인 악장을 무리 없이 부드럽게 갈무리해내는 뛰어난 균형 감각을 지닌 연주만이 여기에 남았다. 다시 말해, 제멋대로 흩어진 소재를 하나의 이야기로 완만하게 묶어내는 능력이다. 이것도 흡사 무라카미 하루키 같지 않은가. 특히 그가 처음으로 듣고 애착을 가진 이스토민의 앨범은 특유의 건조한 터치와 매끄럽고 밝은 음색이 두드러진다. 그렇다, 이 화법이야말로 하루키 월드 그 자체가 아닌가!

야나체크 〈신포니에타〉

수록 앨범
조지 셀, 클리블랜드 오케스트라
《Bartók: Concerto for Orchestra/Janáček: Sinfonietta》
1965년

하루키 작품의 주인공이 다른 세계에 발을 들여놓을 때, 그
전조 또는 계기가 되는 것이 클래식 음악인 경우가 적지 않다.
클래식이 또 다른 세계로 가는 입구 혹은 열쇠로서 기능하고 있
다고 할 수 있을 정도다. 『1Q84』에서는 야나체크의 〈신포니에
타〉가 그렇다. 이 음악은 현실과 다른 세계, 때로는 두 사람의
주인공을 잇는 '가교' 역할을 한다. 서두에서 꽉 막힌 도로의 택
시 안에 이 음악이 울려 퍼질 때, 그것은 주인공이 다른 세계의
문에 손을 댔다는 사실을 의미한다.

야나체크는 실로 신비한 작곡가다. 그의 어느 작품을 들어도
그것이 야나체크라는 것을 바로 알 수 있을 만큼 두드러지는 특
징을 지녔고, 참신한 시도를 할 때도 그것을 쉽게 알아차릴 수
없도록 감춰놓으며, 베토벤과 같은 투쟁 없이도 고양감이 느껴
지는 곡을 쓰고, 그러면서도 세련된 센스로 주요 등장인물이 동
물들인 이상한 오페라를 쓰기도 한다. 그의 《영리한 새끼 암여
우》는 수많은 오페라 중에서도 다섯 손가락에 들 정도의 아름

다운 걸작이다.

이 〈신포니에타〉에도 야나체크 스타일이 가득 담겨 있다. 동양적인 5음계를 차용하기도 하고, 식물이 자라나듯이 주제가 성장하는 등 종래의 육식계 서양음악과는 크게 다른 초식계의 풍모가 있다. 당초에는 체육대회를 위해 구상되었던 모양으로, 기본 오케스트라에 금관악기가 추가로 필요하게 되자 예산이 부담되었는지 그 지명도에 비해서는 별로 연주되지 않은 편이다. 그러나 『1Q84』의 아오마메와 덴고의 초등학생 시절 에피소드처럼 아마추어들이 자주 연주하는 곡 중 하나라 할 수 있다.

신포니에타란 작은 교향곡이라는 뜻이다. 치밀하고 견고하게 구성된 교향곡과는 달리 하나의 구절을 반복하며 그것이 변화해나간다. 마치 변주곡처럼 퍼져나가는 구성감이 특징이다. 마지막 악장은 제1악장의 팡파르를 처음에는 단조로, 다음은 장조로 돌려놓는 등 느슨하게 전체를 통일해나가려는 의도 또한 느낄 수 있다. 느슨한 통일감은 『1Q84』의 구조와도 일맥상통하는 부분이 있다.

　소설 속에서 아오마메가 듣는 것은 조지 셸이 지휘하는 클리블랜드 오케스트라의 연주다. 한편 덴고는 오자와 세이지가 지휘한 시카고 심포니 오케스트라의 연주를 듣는다. 두 사람의 등장인물이 같은 곡의 서로 다른 연주를 듣는다. 같은 풍경을 보면서도 사람에 따라 달리 보이는 것처럼 말이다. 굳이 두 가지 버전의 연주를 무라카미 하루키가 직접 준비했다는 점이 포인트다.

　셸이 지휘한 연주는 날카로운 박자감으로 하나하나 세부까지 명료하고 분명하게 그려낸다는 점이 특징이다. 템포는 이상할 정도로 느리다. 그리고 무엇보다 의식이 뚜렷이 각성한 음악이며, 스마트하다기보다는 정체를 알 수 없는 스타일리시함이 인상적이다.

　한편 오자와 세이지가 지휘한 연주는 템포는 중간 정도이지만 셸에게서는 느낄 수 없는 신기한 열기가 있다. 열정이 전체의 흐름을 만들어간다. 세부적인 표현도 치밀하지만, '열심히 공부했습니다'라는 근면함이 음악에서도 배어 난다. 이것은 오자와 세이지만의 스타일이라고 해도 좋다.

두 연주의 공통된 점은 연주자의 강한 의지가 느껴지는 음악이라는 것이다. 미국인이 아닌 지휘자가 미국 오케스트라를 이끌고 있다는 공통점 또한 그 이유 중 하나일 것이다.

셸 음반의 강한 의지는 아오마메의 행동력이나 그 냉철한 성격으로 나타나며, 오자와 음반의 정열과 묘한 촌스러움은 덴고의 인물 설정 그 자체이지 않은가. 두 개의 〈신포니에타〉는 두 명의 인물을 훌륭하게 그려내고 있다.

리스트 《순례의 해》에서 〈르 말 뒤 페이(Le Mal du Pays)〉

수록 앨범
라자르 베르만
《Liszt: Annees de Pelerinage》
1977년

　역동적으로 세계 간의 이동을 그려낸 『해변의 카프카』나 『1Q84』와는 달리, 『색채가 없는 다자키 쓰쿠루와 그가 순례를 떠난 해』는 간신히 단일 세계에 자리 잡고 인간 심리의 섬세함을 클로즈업한 작품이다. '다른 세계'는 주인공 쓰쿠루의 꿈이라는 출입구를 통해 희미하게 암시되며 끝을 알 수 없는 공포를 살짝 엿보이지만, 그는 그곳으로 가지 않고 사람들의 네트워크에 의해 구제받는다.

　이 작품에서는 등장인물의 내면 깊은 부분을 연결하는 역할이 음악에게 주어졌다. 쓰쿠루와 시로와 구로, 그리고 시로와 구로를 합친 것 같은 하이다. 그들의 마음속을 연결하는 것은 리스트의 피아노 곡집 《순례의 해》에 담긴 〈Le Mal du Pays〉다.

　전 4권으로 이루어진 《순례의 해》는 리스트가 여행이나 문학 작품에서 받은 인상 등을 모은 스케치집이다. 〈Le Mal du Pays〉는 첫 권인 〈제1년 스위스〉의 여덟 번째 곡으로, 이 장대한 모음곡 안에서는 단독으로 연주되는 경우가 거의 없는 상당

4장　클래식 – 다른 세계의 전조　　　　　　　162

히 수수한 곡이다. 이 제목은 일반적으로 〈향수〉 등으로 번역되며, 하이다는 쓰쿠루에게 "전원 풍경이 사람의 마음에 불러일으키는 이유 없는 슬픔"이라고 설명했다.

인상적인 단선율로 시작해서, 몇 소절마다 조성이 변화하며 이리저리 헤맨다. 주부(主部)에 돌입하면 민요풍의 선율(스위스 용병의 노래가 원곡)이 들려오지만, 금방 처음의 분위기로 돌아가고 만다. 중간부에서 갑자기 장조로 조바꿈하는 부분은 달콤한 우울감을 느끼게 하지만 그것 역시 오래가지 않는다.

시로의 불안정한 정신 상태를 그대로 보여주는 듯한 곡이라 할 수 있다. 참고로 이 곡은 20대의 젊은 리스트가 《여행의 앨범》이라는 작품집의 한 곡으로 작곡했다. 그 원곡을 들어보면 시작은 똑같지만 중간은 완전히 분위기가 바뀌어 춤곡풍의 신나는 음악이 된다. 완전히 다른 인상을 주는 작품이었던 것이다. 20년 뒤, 어른이 된 리스트가 새로운 모음곡을 만들면서 이렇게 음울한 곡으로 만들어버렸다는 말이 된다.

이 곡은 과거의 시로가 연주했던 곡이다. 쓰쿠루가 그 곡과 재회하는 것은 하이다가 가져온 베르만의 연주 음반을 통해서다. 리스트 연주자로 이름난 베르만이지만, 리스트의 곡 중에서도 〈초절기교연습곡〉 같은 복잡한 곡을 말도 안 되는 테크닉으로 완벽하게 연주해서 관객들을 경악케 하는 스타일로 잘 알려져 있다. 그러나 이 《순례의 해》를 들으면 숙련된 매력이 더해졌는지 깊이 있는 표현이 상당히 두드러진다. 풍부한 색채로 음 하나하나에 의미를 담듯이 연주하고 있어서 조금은 무겁고 답답하게 느껴질 정도다.

아마도 이것은 쓰쿠루가 시로에게 갖는 마음일 것이다. 그 탐미적인 연주는 그야말로 '색채를 가진' 리스트다. 무색이었던 쓰쿠루는 색채를 동경하고 있었으니까.

이 소설에는 또 하나의 〈Le Mal du Pays〉 연주가 등장한다. 쓰쿠루가 구로를 만나러 핀란드에 갔을 때, 구로가 집에서 틀어준 알프레드 브렌델의 연주 음반이다. 브렌델은 베토벤이나 슈베르트 등 독일 음악을 주로 연주하는 피아니스트다. 그가 리스트를 연주하면 투명하고 이지적이며 탄탄한 아름다움이 느껴진다. 말하자면 '단정함'. 다시 말해 '색채가 없는' 연주다.

구로는 한때 쓰쿠루를 좋아했다고 한다. 즉, 구로의 쓰쿠루를 향한 마음이 이 무색의 브렌델 연주에 담겨 있다. 물론 거기에는 시로에 대한 마음도 동시에 담겨 있다.

베르만의 연주를 즐겨 듣던 쓰쿠루는 이 브렌델의 연주를 듣게 됨으로써 지금까지 단절되어있던 것이 사실은 모두 이어져 있었다는 사실을 알게 된다. 그는 음악을 통해 현실의 자기 자리를 발견한다. 만약 이 음악이 없었다면 상당히 유치한 소설로 끝나버렸을지도 모르겠다.

베토벤 〈피아노 협주곡 제3번〉

065

수록 앨범
글렌 굴드(피아노), 레너드 번스타인 지휘,
콜롬비아 심포니 오케스트라
《Beethoven Piano Concerto No 3 in C Minor》
1959년

'새끼손가락이 없는 여자'가 일하는 음반 가게에서 '나'는 이 음반을 산다. 여자는 묻는다, "글렌 굴드랑 바크하우스, 어느 게 좋아?"

무라카미 하루키의 첫 소설 『바람의 노래를 들어라』에서 '나'가 고른 것은 정통파 베토벤 연주자인 '건반의 사자왕' 바크하우스가 아니라 캐나다의 별종 피아니스트 글렌 굴드였다. 만약 여기서 '나'가 바크하우스를 골랐다면 소설가 무라카미 하루키는 탄생하지 않았을지도 모른다.

바크하우스가 연주하는 베토벤은 기분 좋은 흐름으로 전체를 매끄럽게 갈무리한다. 한스 슈미트—이세르슈테트가 지휘하는 빈 필하모닉 오케스트라와의 협연을 보아도 높은 완성도는 보증된다고 해도 좋다.

한편 굴드가 연주하는 베토벤은 전혀 깔끔하게 정리가 되지 않는다. 제1악장은 번스타인이 지휘하는 콜롬비아 심포니 오케스트라와 합이 잘 맞지 않아서 꽤나 갑갑하게 들린다. 그러다

등장 작품
『바람의 노래를 들어라』

카덴차 장면에서는 분위기가 갑자기 바뀌어 의기양양한 표정으로 변하는 등 전체적으로 들쑥날쑥하다. 마치 굴드와 베토벤의 모순적인 관계가 그대로 드러나는 것처럼 말이다.

이 연주의 최대 포인트는 제2악장이다. 느린 템포 속에서 띄엄띄엄 건반을 두드리는 피아노의 태연한 아름다움. 한 차례 걸러낸 듯 짙고 투명한 고독감. 모든 의미나 감정을 거부하지만 끝까지 저항하지 못한 채 희미하게 그 존재감을 드러내는 모습이야말로 이 소설의 세계관이 나타내고자 하는 것이 아닐까.

'나'는 이 음반을 '쥐'에게 선물한다. 이제는 거리를 좁힐 수 없는 상대. 이 두 사람의 모습 위에, 서로를 인정하면서도 깊이 있는 관계로 발전하지 못한 굴드와 번스타인을 문득 겹쳐보게 되는 것은 하루키 독자의 나쁜 버릇이다.

슈만 《숲의 정경》에서 〈예언하는 새〉

066

수록 앨범
발레리 아파나시에프
《Kreisleriana/Waldszenen》
1992년

『태엽 감는 새』 1부에서 3부까지는 새와 관련된 음악 작품에서 따온 부제가 각각 붙어 있다. 2부 「예언하는 새 편」은 슈만의 피아노 작품 《숲의 정경》의 한 곡 〈예언하는 새〉에서 따온 제목이다. 이혼해달라는 아내의 편지를 읽은 뒤 '나'가 맥주를 마시며 라디오를 켜자, 이 곡이 흘러나온다. '나'는 아내가 다른 남자와 섹스를 하며 "상대의 등에 손톱을 세우거나, 시트 위에 침을 흘리기도 하는 모습을 상상"한다.

어스레한 로맨티시즘을 담은 작품집 《숲의 정경》 중에서도 이 작품은 기묘한 분위기를 풍긴다. 다른 세계에서 울고 있는 새처럼 그것은 멀리서, 그리고 불길하게 울려 퍼진다. '나'의 망상과 애처로울 정도로 연동하는 동시에 한참 떨어진 등 뒤에서 세계의 태엽을 감는 태엽 감는 새의 존재를 나타내듯이. 그러한 불길한 분위기가 넘쳐흐르는 가운데 '나'는 수수께끼의 여성과 아내가 연결되어 있다는 계시를 받으면서도 명확한 해결책을 찾아내지 못하고 초조한 마음을 품은 채 2부가 끝나버린다.

《숲의 정경》은 아홉 곡으로 구성된 피아노 독주 작품집으로 슈만이 서른여덟 살 때에 작곡했다. 20대에 작곡한《크라이슬레리아나(Kreisleriana)》나《사육제》처럼 자신의 피아노 스타일이 전면에 드러나는 활기찬 곡조의 작품과는 거리가 먼 내성적이고 차분한 작풍이 특징이며, 독일 낭만파 특유의 문학적 모티프가 진하게 느껴진다. 〈예언하는 새〉는 일곱 번째 곡으로, 반음계적인 움직임이 신비로운 인상을 준다. 수많은 연주자가 이 작품을 녹음했지만 그중에서도 러시아의 이재(異才) 아파나시에프의 연주가 특히 독특하다. 시간 감각이 어긋난 듯한 느린 템포가 신비로운 분위기를 더욱 강조한다. 연주에 푹 빠져 있는 듯하면서도 한편으로는 냉철한 이성을 유지하고 있는 이 연주는 『태엽 감는 새』의 세계와도 잘 어울린다.

로시니 〈도둑까치 서곡〉

067

수록 앨범
클라우디오 아바도, 런던 심포니 오케스트라
《Rossini: Overtures》
1975년

『태엽 감는 새』는 〈예언하는 새〉와 마찬가지로 1부 〈도둑까치 편〉과 3부 〈새잡이꾼 편〉에서도 음악에서 따온 세계가 그려진다. '도둑까치'는 로시니가 작곡한 동명의 오페라를, '새잡이꾼'은 모차르트의 오페라 《마술피리》를 가리킨다.

〈도둑까치 서곡〉은 큐브릭 감독의 명작 〈시계태엽 오렌지〉에서 난투 장면에도 사용된 인상적인 곡이다. 소설 서두에서 파스타를 삶으며 라디오에서 흘러나오는 이 곡에 맞추어 휘파람을 부는 '나'는, 그 뒤 다른 세계로부터 기묘한 전화를 받게 된다.

오페라 《도둑까치》는 까치의 장난에 이리저리 휘둘리는 사람들의 모습을 그리고 있다. 마지막에는 우연의 힘으로 모든 것이 해결되고 행복한 결말을 맞이한다. 태엽 감는 새의 보이지 않는 힘에 의해 기묘한 일들에 휘말리는 '나'. 그리고 "아내는 반드시 돌아올 것이다"라며 낙관에 가까운 수동적인 태도를 취하는 '나'의 모습을 이 오페라가 상징한다.

한편 모차르트의 오페라 《마술피리》에서는 수행이나 단련을 통해 승리를 쟁취한다는 주제가 있다. '나'는 아내가 갇힌 세계로 통하는 우물로 들어가(그 우물을 갖기 위해 땅까지 사서), 적극적인 접근을 시도한다. 아내가 있는 다른 세계의 호텔 보이는 〈도둑까치 서곡〉을 휘파람으로 부르는데, 3부에서 그것을 들은 '나'는 이 오페라가 어떤 내용인지 나중에 알아봐야겠다고 생각한다. 하지만 "더 이상 그런 것을 알고 싶다고도 생각하지 않을지도 모른다"고도 생각한다. 수동적인 《도둑까치》에서, 능동적인 《마술피리》의 세계로. 이를 통해 그의 마음이 변화하는 모습을 볼 수 있다. 물론 《마술피리》의 능동성은 어디까지나 무언가(자라스트로)에게 강제되어 놀아나는 배경 위에서 성립하는 것이다. 그 결말은 단순히 해피엔딩으로 끝나지는 않는다.

아바도가 지휘하는 런던 심포니 오케스트라의 연주는 빠른 템포에 탄력이 있는 스타일이다. 스마트하게 연주해내면서도 곡을 통한 기쁨을 잃지 않는, 이 지휘자의 연주 예술을 대표하는 녹음이다.

모차르트 〈제비꽃〉

068

수록 앨범
엘리자베트 슈바르츠코프, 발터 기제킹
《A Mozart Song Recital》
1955년

『스푸트니크의 연인』에서 모차르트의 가곡 〈제비꽃〉은 하루키 작품에 등장하는 클래식 음악이 다른 세계로 이어지는 창, 또는 열쇠로 기능한다는 사실을 가장 원시적인 형태로 보여준다.

화자인 '나'가 로도스 섬에서 심야에 산 정상에서 들려오는 음악(그리스의 민족음악 같은 것)을 듣는 장면이 있다. '나'는 그곳에서 연주되는 음악의 정체를 알지 못한다. 하지만 섬에서 모습을 감춘 '스미레(제비꽃이라는 뜻의 이름 – 옮긴이) 역시 이 음악을 듣고 산에 올라가, 다른 세계에 도달한 것이 아닐까 추측한다.

'나'는 산 정상에서 울려 퍼지는 음악을 듣기 전에 카세트테이프로 모차르트의 가곡 〈제비꽃〉을 듣고 있었다. "들에 핀 제비꽃이 양치기 소녀에 의해 무의식중에 짓밟혀버린다"라는 괴테의 시로 만든 이 노래가 자신의 이름의 유래라는 사실을 알게 된 것은 '스미레'가 중학생 때의 일이었다. 이런 "희망도 없고 교훈도 없는" 노래를 어째서 어머니가 자신의 이름에 붙였는지 그녀는 충격을 받는다.

이 장면에서는 가곡 〈제비꽃〉을 들음으로써 다른 세계에 있는 '스미레'와 어딘가가 연결되어 '나'가 다른 세계로 이끌린다는 흐름이 엿보인다.

〈제비꽃〉은 모차르트의 초기 작품인 동시에 대표적인 가곡 중 하나다. 이 노래에서 이야기하는 것은 잃어버린 희망과 희미하게 풍기는 마조히즘의 황홀감. 이 소설에서는 손상된 존재로서의 등장인물들, 그리고 '스미레'와 '뮤'와의 관계성 또한 암시한다.

소설 속에 등장하는 것은 슈바르츠코프가 노래한 레코딩이다. 필요 이상으로 드라마틱하게 표현함으로써 비극을 강조하는 듯한 연주와 함께, 슈바르츠코프는 다채롭게 표정을 바꾸며 작품이 하나의 정해진 방향으로 향하는 것을 막는다. 신즉물주의(1920년대 독일에서 발생한 객관성과 실용성을 강조하는 예술사조-옮긴이) 피아니스트 기제킹의 반주 역시 대단히 멋지다.

바흐 〈영국 모음곡〉

069

수록 앨범
이보 포고렐리치
《Bach: English Suites 2 & 3》
1985년

『애프터 다크』에서 그리는 것은, 모든 것은 무명성(無名性)에 불과하며 교환이 가능하다는 것이다. 그렇기 때문에 교환 불가능한 것이 존재한다는 마지막 장면이 더욱 돋보이게 되는데, 이런 세계를 그려내면서도 음악만은 이상하게 구체적인 점이 재미있다.

예를 들면 시라카와라는 남자가 일하는 중에 듣는 곡은 "이보 포고렐리치가 연주하는 〈영국 모음곡〉"이라는 식으로 말이다. 그는 한밤중 작업 중간에 창부에게 폭력을 휘두르고, 날이 밝으면 가정으로 돌아가는 일상을 보내고 있다.

작중에서 등장인물 대다수의 내면은 거의 묘사되지 않는다. 시라카와에게 어떠한 과거와 사상이 있는지 따위는 이 소설 속에서는 전혀 문제되지 않는다. 그는 소설을 읽고 있는 당신과 교환 가능한 인간 중 하나에 지나지 않는다.

그가 듣는 포고렐리치의 바흐. 그것은 완전히 닫힌 우주를 떠올리게 하는 음악이다.

최근의 포고렐리치는 완전히 고고한 세계에 다다랐다. 대형 레코드 회사와 계약을 유지하면서도 20년 이상 새 음반을 내지 않고 있다. 어떤 곡이라도 엄청난 슬로 템포로 연주하며 연주회장을 얼어붙게 만드는 시기도 있었다. 그 시절 그의 음악은 작품의 개성 같은 것은 상관없이 철저히 고고한 자기 자신만을 그려냈다. 그 무엇과도 연결되기를 거부하는 듯한 음악이었다.

물론 이 레코딩은 아직 그가 심신이 건강하던 시절의 것이다. 바흐의 긴밀한 우주를 상쾌한 템포로 대담하면서도 치밀하게 그려낸다. 그러나 그 포고렐리치가 바흐라는 작곡가와 마주할 때 슬그머니 생겨나는 고독감. 그것은 마을 사람이 모두 살해당하고 나만이 살아남았다는 식의 어떤 배경이 있는 것이 아니라, 태어날 때부터 아무도 존재하지 않았다는 식의 보편적 속성을 띤다.

그렇기 때문에 시라카와의 고독에 이유는 필요하지 않다. 그리고 현대란 그러한 고독에 직면해야만 하는 시대이기도 하다.

바그너 〈방황하는 네덜란드인 서곡〉

수록 앨범
빌헬름 푸르트벵글러, 빈 필하모닉 오케스트라
《Wagner: Orchestral Works》
1949~1954년

하루키 작품에 있어서 바그너는 결코 중요한 작곡가는 아니다. 웅대하면서도 표현력이 넘치며 장대한 서사시를 그려낸 바그너. 하루키가 미시마 유키오를 높이 평가하지 않는 것처럼 바그너 역시 아마 그의 취향은 아닐 것이다.

바그너 작품이 구체적으로 하루키의 작품에 등장하는 것은 짧은 단편 「빵」과 그 후일담인 「빵가게 재습격」이 유일하다. 그 밖에는 『해변의 카프카』, 『색채가 없는 다자키 쓰쿠루와 그가 순례를 떠난 해』, 『1Q84』에서 등장인물이 작곡가의 이름을 입에 담았을 뿐이다.

「빵」은 이런 이야기다. 굶주린 '나'와 동료가 빵가게를 습격해 빵을 빼앗으려고 하지만, 빵가게 주인은 "바그너를 좋아하게 되면 원하는 만큼 빵을 주겠다"고 말한다. '나'와 동료는 바그너의 음반에 귀를 기울이고, 별 고생 없이 많은 빵을 얻는다.

「빵가게 재습격」은 그로부터 몇 년이 지난 뒤 '나'와 아내가 배가 고파 잠들지 못한 채 밤을 새우는 장면으로 시작된다. 빵

4장 클래식 – 다른 세계의 전조   176

등장 작품
「빵가게 재습격」(『빵가게 재습격』)

가게 주인과의 거래로 강도짓을 하지 않고도 빵을 얻었기 때문에 무엇을 해도 만족하지 못하는 '저주'에 걸린 '나'. 그를 구하기 위해 재습격을 강력하게 주장하는 '아내'. 학생 운동을 비롯한 사회 혁명이 어중간하게 끝나버렸다는 부끄러운 마음. 그것이 '저주'가 되어 사회를 무겁게 짓누르고 있음을 상징적으로 그린 작품이다.

여기서 무라카미 하루키가 바그너의 작품에 담은 것은 '저주'다. 《니벨룽겐의 반지》의 저주받은 반지. 그것은 『태엽 감는 새』에서 마미야 중위가 걸린 "사람을 사랑할 수도, 사람에게 사랑받을 수도 없다"는 저주를 떠올리게 한다.

그리고 「빵가게 재습격」에 등장하는 《방황하는 네덜란드인》 또한 변치 않는 사랑을 바치는 여성이 나타날 때까지 바다 위를 떠돌아다녀야 하는 저주에 걸린 네덜란드인 선장을 그린 오페라다. 푸르트벵글러가 지휘한 빈 필하모닉 오케스트라의 멋진 연주로 함께 저주에 걸려보기를.

수록 앨범
이안 보스트리지, 줄리어스 드레이크
《Schubert: Lieder》
1998년

『신의 아이들은 모두 춤춘다』의 마지막에 실린 단편 「벌꿀 파이」는 『노르웨이의 숲』에 등장하는 인물들의 가상의 미래를 그린 듯한 작품이다. 다시 말해 기즈키가 자살하지 않고 나오코와 결혼해 아이를 낳았다면 '나'는 어떻게 대응했을까 하는 가정 하에 성립한 이야기다.

소설의 뼈대가 되는 삼각관계는 준페이가 사요코의 딸 사라에게 들려주는 창작 스토리와 겹쳐져서 복잡한 분위기를 자아낸다. 그런 상황에서 이야기를 더욱 다층화해서 복잡한 심리 표현을 가능케 하는 것이 사요코가 콧노래로 부르는 슈베르트의 〈송어〉다.

이 가곡의 줄거리는 다음과 같다. '강을 헤엄치는 송어를 보는 화자'(1절), '낚시꾼이 송어를 낚으려 하지만 물이 너무 맑아서 실패한다'(2절), '강물을 탁하게 만든 낚시꾼이 송어를 잡아 죽이는 것을 보고 화자가 탄식한다'(3절). 원작인 시에는 이 뒤에 "남자는 이런 식으로 여자를 희롱하는 법이니 아가씨들은 주

등장 작품
「벌꿀 파이」(『신의 아이들은 모두 춤춘다』)

의하시오"라는 구절이 있지만, 슈베르트는 이 교훈적인 느낌을
주는 4절을 생략했다.

3절에서는 낚시꾼이 송어를 낚아 올리는 모습이 불안한 음악
과 함께 극적으로 표현된다. 마지막에 "그리고 나는 분한 마음
으로 덫에 걸린 송어를 바라보고 있었다"라는 부분은 화자가 화
를 낸다기보다는 무라카미 하루키의 주력 대사인 "이것 참" 그
자체라고 할 만한 분위기의 음악으로 그려진다.

사요코가 콧노래로 이 곡을 부르는 것은 '멍하니 바라보기만
하고, 왜 나를 유혹하지 않은 거야'라는 메시지다. 그리고 동시
에 그것을 "이것 참"으로 끝내버리는 준페이를 향한 적나라한
분노로 볼 수도 있지 않을까. 언어화할 수 없는 날것의 응어리
를 사요코가 품고 있다는 암시로.

음반을 한 장 고른다면, 기분 좋게 표현하고 깔끔하게 떨어지
는 보스트리지의 연주일까. 마지막의 "이것 참" 같은 느낌은 인
텔리한 분위기를 망가뜨리지 않는 그만이 가능한 표현력이다.

쇤베르크 〈정화된 밤〉

수록 앨범
주빈 메타, 로스앤젤레스 필하모닉 오케스트라
《Verklärte Nacht/Chamber Sym/6 Songs》
1967년

『세계의 끝과 하드보일드 원더랜드』에는 의식이 소멸할 때까지 앞으로 24시간밖에 남지 않은 '나'가 그 죽음의 여행을 떠나는 차 안에서 들을 요량으로 음반 가게에서 테이프를 찾는 장면이 있다. 조니 마티스, 밥 딜런, 케니 버렐의 앨범에, 피노크가 지휘한 〈브란덴브루크 협주곡〉과 메타가 지휘한 〈정화된 밤〉이라는 "복잡한 구성"이다. 여기서 전개를 상징하는 역할은 분명히 밥 딜런에게 주어져 있지만, 조연 격인 두 클래식 음악도 은근한 조미료 역할을 한다.

바흐의 〈브란덴브루크 협주곡〉은 손톱을 깎을 때 카스테레오에서 흘러나온다. 손톱을 깎는 행위와 필요 이상으로 시원스럽고 경쾌한 피노크의 바흐라는 조합이 참으로 영화적이다. 때마침 만나기로 한 도서관의 여자가 도착하고, 그녀는 평소 리히터의 연주를 듣는다거나 카잘스의 연주가 대단하다는 등의 말을 하지만, 손톱을 깎는다면 피노크 말고는 생각할 수 없다.

이제 쇤베르크의 〈정화된 밤〉 차례인데, 이 곡을 듣는 장면은

등장 작품
「세계의 끝과 하드보일드 원더랜드」
「애프터 다크」

없다. 사기는 했지만 듣지는 않았다는 뜻이다. 어째서일까.

현대 음악의 길을 단숨에 넓혀버린 쇤베르크인데, 이 〈정화된 밤〉은 전위로 옮겨가기 바로 전날 밤 같은, 무르익고 또 무르익어서 거의 액체가 된 낭만주의가 특징이다. 데메르의 시를 가사로 삼았고, 내용은 다음과 같다.

젊은 남녀가 한밤의 숲속을 걷고 있다. 여자는 '나는 임신했지만 이 아이는 당신 아이가 아니다'라고 남자에게 고백한다. 남자는 '그래도 괜찮다. 내 아이로 키우겠다'라고 결심한다. 이것을 주인공의 심경으로 바꾸어 생각하면 체념, 그리고 정화에 대한 동경일까? 아니면 그와 그림자와의 관계일까. 메타의 연주는 질척질척한 정념과 서스펜스, 그리고 격렬한 표현을 통해 곡 내내 정화를 지워버리려는 듯한 비극적인 톤이 지배적이다. '나'가 이 곡을 듣지 않아서 정말 다행이다. 살짝 그늘은 졌어도 무겁지 않은 마지막이 아무 소용이 없을 뻔했으니.

베토벤 〈피아노 삼중주 제7번 대공〉

073 ▶

수록 앨범
야샤 하이페츠, 엠마누엘 포이어만, 아르투르 루빈스타인
《Beethoven: Trio in B Flat Major, Op. 97– Archduke/Schubert:
Trio in B flat, Op. 99, D. 898》
1941년

　　수많은 문학적 상징이 꽉 들어찬 갑갑한 세계를 평소처럼 여
유로운 문체로 써내려간 『해변의 카프카』. 두 개의 다른 세계가
서로 이어지고 주인공에게 걸린 저주도 풀린다는 하루키 월드
의 전형적인 설정이지만, 꽤나 힘주어 쓴 작품인 것처럼 느껴진
다. 그래서 여기에 등장하는 음악들 또한 『오이디푸스』나 『우게
쓰 이야기』(일본 에도시대의 괴담집 – 옮긴이) 같은 작품을 함께 봐
야 할 듯한 느낌마저 들게 한다.

　　트럭 운전을 하는 청년 호시노가 시코쿠의 카페에서 듣게 되
는 것이 이 베토벤의 피아노 삼중주였다. 감명을 받은 호시노의
질문에 카페 주인이 정성스럽게 이 곡을 해설해준다. 세상살이
가 서툰 베토벤의 비호자로서 그를 도와준 루돌프 대공에게 헌
정된 작품이라느니 어쩌느니……

　　이런 식으로 루돌프 대공에 대해 이상하게 자세히 설명하는
것도 베토벤의 메타포가 나카타 씨라는 복선일까. 게다가 피아
노 삼중주라는 장르의 특징인, 처음부터 조화를 추구하는 것이

등장 작품
『해변의 카프카』

아니라 각 연주자의 개성이 서로 부딪힘으로써 결과적으로 조화가 생겨나는 형태를 작품 세계와 연결시킨 것은 아닐까 고민해보지만, 아무래도 석연치 않다. 너무나도 계산적으로 메타포를 잔뜩 배치한 『해변의 카프카』는 여러 하루키 작품 중에서도 음악이 가장 들리지 않는 듯한 느낌이다. 평소처럼 곡명은 다수 등장하지만 말이다.

베토벤의 피아노 삼중주곡 중 가장 규모가 크고 우아함이 넘쳐흐르는 것이 제7번 〈대공〉이다. 호시노가 카페에서 들은 것은 이른바 '백만 불 트리오'로 불리는 세 명이, 전쟁 이전의 거장들이 만들어낸 조화 따위는 알 바 아니라는 듯 싸움을 거는 것처럼 제멋대로 연주하는 곡이다. 한편 오시마 씨가 좋아하는 것은 앙상블에 주축을 둔 수크 트리오의 잘 정돈된 연주다. 실로 대조적이라 할 수 있다.

R. 슈트라우스 〈장미의 기사〉

수록 앨범
조지 숄티, 빈 필하모닉 오케스트라, 레진 크레스팽, 이본 민턴 외
《Der Rosenkavalier》
1968~1969년

　모차르트의 《돈 조반니》를 메인 모티프로 삼아 쓴 『기사단장 죽이기』인데, 작품 안에 등장하는 음악 중에서 인상적인 것은 리하르트 슈트라우스의 〈장미의 기사〉다. 첫 등장은 '나'가 '멘시키'를 위해 초상화를 그리는 장면. 멘시키는 그림을 그리는 동안 들을 음악으로 숄티가 지휘한 〈장미의 기사〉를 요청한다. 그 뒤로 그 음반은 '나'가 가장 즐겨 듣는 음악이 된다. 또한 작곡가인 슈트라우스의 창작을 대하는 자세가 화가인 '나'와 공명하고, 그것은 작가 무라카미 하루키의 자세에도 겹쳐지는 것처럼 느껴진다. 그런 점은 지금까지의 하루키 작품에는 없던 세밀한 묘사 등을 통해 알 수 있다.

　숄티가 지휘하는 빈 필하모닉 오케스트라의 〈장미의 기사〉 레코딩은 애호가들에게 그다지 높은 평가를 받고 있지는 않다. 당시 활약하던 크레스팽이나 민턴 등의 가수를 비롯해 구석구석 실력파를 모아놓은, 상당히 신경 써서 제작한 음반임에도 카라얀이나 클라이버 부자의 그늘에 완전히 가려져 버렸다.

그 이유는 숄티의 시원시원한 지휘가 이 곡이 가진 아담하고 우아한 느낌과는 전혀 맞지 않았던 탓이다. 여러 소리가 명료하게 들리도록 한 사운드 설계는 탁월했지만, 그곳에는 전혀 에로스가 없다. 클라이맥스의 삼중창 부분도 마치 바그너처럼 웅장하지만 작품의 테마인 '아련함'을 전혀 느낄 수 없다. 경악할 만한 불감증이다. 그러나 이 음악이 등장할 때마다 '다른 연주면 안 된다고요'라고 말하듯 꼭 '숄티'의 이름을 내놓는 하루키.

음악이 무조음악(현대음악 양식 중 하나로 정해진 조성 없이 연주되는 곡의 형태 - 옮긴이)으로 돌입하기 시작한 시대에 모차르트의 스타일을 답습해 만들어진 것이 〈장미의 기사〉다. 과거와 동화함으로써 지나가버린 시대의 미덕이나 풍부한 커뮤니케이션에 대한 향수를 그려낸 것이다. 하지만 관현악을 기능적으로 연주하는 숄티 판 연주에서는 묘한 청결함과 진취적인 태도가 느껴진다. 어딘가 '멘시키'다운 것이 그곳에 존재하는 듯한 인상을 준다.

헨델 〈리코더 소나타〉

수록 앨범
한스-마르틴 린데, 구스타프 레온하르트, 아우구스트 벤칭거
《Sonatas for Recorder, Op. 1》
1969년

등장 작품
『1973년의 핀볼』

　영국 왕실을 위해 다채로운 작품을 작곡한 헨델. 이 〈리코더 소나타〉도 앤 공주의 레슨용으로 작곡된 것이라고 한다. 복잡하게 구성된 통주저음 파트와는 대조적으로 심플한 리코더 파트가 맑게 울려 퍼진다. 『1973년의 핀볼』에서는 과거의 여자친구와 함께한 추억이 담긴 이 음반을 현재의 여자친구들(쌍둥이)과 함께 듣는 장면이 있다. 고기를 볶는 소리에 섞여 울리는 리코더의 반듯한 소리와 심정적으로 복잡한 상황의 대조가 실로 인상적이다.

　린데가 연주하는 리코더는 그 단정함 속에 서정성이 드러난다. 하프시코드의 레온하르트와 비올라 다 감바(현이 여섯 개이며 무릎 위 또는 무릎 사이에 세로로 두고 활로 연주하는 현악기의 일종 – 옮긴이)의 벤칭거의 부드럽고 차분한 앙상블은, 현재의 강렬하고 예리하며 흥이 넘치는 분위기가 주류가 된 헨델 연주와 비교하면 꽤나 한가롭게 들린다.

모차르트 〈피아노 협주곡 제23번, 제24번〉

수록 앨범
로베르 카자드쥐, 조지 셀, 콜롬비아 심포니 오케스트라,
클리블랜드 오케스트라
《Piano Concertos》
1959년, 1961년

등장 작품
『세계의 끝과 하드보일드 원더랜드』
『노르웨이의 숲』

하루키의 작품에는 로베르 카자드쥐가 모차르트의 피아노 협주곡을 연주한 음반을 듣는 장면이 두 군데 있다. 하나는 『세계의 끝과 하드보일드 원더랜드』의 9장, '나'가 '레퍼런스 담당인 여자'를 기다리는 장면이다. 여자는 좀처럼 나타나지 않고, '나'는 피아노 협주곡 제23번과 제24번 두 곡을 연달아 들은 뒤 "모차르트의 음악은 옛날 녹음으로 듣는 편이 마음에 잘 와 닿는 느낌이 든다"고 생각한다. 다른 하나는 『노르웨이의 숲』에서 '나'가 아르바이트로 알게 된 '이토'의 집에서 열빙어를 먹으며 이 음반을 듣는 장면이다. '나'는 '미도리'를 강하게 의식하고, 직후 그녀에게 전화를 건다. 이 두 피아노 협주곡은 장조와 단조를 여러 차례 오가는 모차르트 특유의 변화무쌍한 작품이다. 최근의 새로운 연주에서는 그 변화를 대담하게 표현하는 경우가 많지만, 카자드쥐의 이 연주는 그 이전의 기분을 전부 떨쳐내지 않은 채 그 위로 감정이 쌓여간다. 등장인물의 심정을 살짝 암시하듯이.

리스트 〈피아노 협주곡 제1번〉

수록 앨범
마르타 아르헤리치, 클라우디오 아바도, 런던 심포니 오케스트라
《Chopin: Piano Concerto No. 1/Liszt: Piano Concerto No. 1》
1968년

등장 작품
『국경의 남쪽, 태양의 서쪽』
『스푸트니크의 연인』

　역사상 가장 유명한 피아니스트가 작곡한 협주곡으로, 화려한 기교가 넘치도록 담겨 있다. 『국경의 남쪽, 태양의 서쪽』의 '나'가 어린 시절 시마모토 씨의 집에서 듣고, 나중에는 여자친구와 콘서트에서도 듣게 되는 곡이다. 『스푸트니크의 연인』에서도 스미레와 뮤가 이 곡이 연주되는 콘서트에 가는 장면이 있다. 『국경의 남쪽, 태양의 서쪽』에서는 이 "두서없는" 곡은 듣고 있다 보면 "관념적이고 추상적인" "소용돌이"를 몇 번이고 '나'의 안에 불러일으킨다. 그것은 망령처럼 나타났다가 사라진 시마모토 씨를 나타내고 있을 것이다.

　이 두 소설에서는 아르헤리치가 연주한 녹음이 암시, 또는 명시되어 있다. 이것은 그녀가 처음으로 참여한 피아노 협주곡 레코딩으로, 뿜어져 나오는 그 젊은 에너지가 그저 눈부실 뿐이다. 그녀의 동물적이고 날카로운 표현력은 다소 산만한 인상이 있는 이 곡을 하나의 강한 의지 덩어리로 탈바꿈시킨다.

시벨리우스 〈바이올린 협주곡〉

수록 앨범
다비드 오이스트라흐, 유진 오르만디, 필라델피아 오케스트라
《Sibelius Symphony 2/Violin Concerto》
1959년

등장 작품
「1Q84」

　　바이올린의 명수이기도 했던 시벨리우스가 작곡한 치밀하고 낭만적인 바이올린 협주곡. 『1Q84』 3권에서 욕조에 몸을 담근 '우시카와'의 귀에 라디오 방송에서 들려오는 곡이다. 이 곡에서 시벨리우스가 목표한 것은 기존의 솔리스트에 의한 기예적인 협주곡 스타일에서 벗어나 모든 악기가 한데 얽히는 새로운 양식의 협주곡이었다. 2권까지는 조역에 불과했던 우시카와가 작품 세계를 만들어내는 중요한 인물로 변화하고, 그 자신도 현실에서 다른 세계로 여행을 떠날 것을 상징하는 작품이라고 할 수 있다. 도입부는 예리하지만 이후 차분하고도 유려하게 노래하는 듯한 오이스트라흐의 영리한 연주는 우시카와라는 인물의 성질을 은근하게 표현한다.

　　오이스트라흐의 시벨리우스 연주는 몇 가지 레코딩이 있지만 오르만디가 지휘한 필라델피아 오케스트라의 연주가 가장 무라카미 하루키의 작품 세계에 어울리지 않을까.

브람스 〈피아노 협주곡 제2번〉

수록 앨범
빌헬름 바크하우스, 카를 뵘, 빈 필하모닉 오케스트라
《Brahms: piano Concerto No.2/mozart: no.27》
1967년

등장 작품
「노르웨이의 숲」

『노르웨이의 숲』에서 주인공 '나'는 '나오코'가 있는 요양소를 방문해 둘만의 시간을 보낸다. 이후 그 밀회를 권한 '레이코 씨'가 기다리는 곳으로 함께 돌아간다. 그때 레이코 씨가 라디오를 들으면서 첫 부분의 선율을 휘파람으로 불었던 음악이 이 〈피아노 협주곡 제2번〉 제3악장 안단테다. 이 곡은 이상할 정도로 이 장면에 녹아들어 있다. 나오코의 유도로 사정하고 나서 그녀에게서 언니의 자살 이야기를 듣는 둘만의 시간을 보낸 '나'의 심상에 대해 이렇게까지 분명하게 말해주는 음악은 없지 않을까. 시작 부분의 첼로 선율은 자애롭고, 그것이 오케스트라와 피아노 독주로 이어진다. 때로 열을 띠기도 하지만, 전체적으로 신기하게 담담한 체념이 지배하는 것이 특징이다. 중간부에서 원래 조로 돌아올 예정이었던 첫 선율이, 갑자기 음을 높여 단조로 연주된다. 그 은근한 어둠에 죽음의 그림자가 떠오른다.

드뷔시 〈비 오는 정원〉

수록 앨범
알도 치콜리니
《Debussy: Estampes/Images》
1991년

등장 작품
『노르웨이의 숲』

　비틀스의 곡에서 제목을 가져온 『노르웨이의 숲』. 하지만 집필 당시 작가의 머릿속에 있었던 것은 전혀 다른 곡이었다고 한다. 그것은 드뷔시의 〈비 오는 정원〉이다. 인상주의 스타일이 확립된 《판화》의 세 번째 곡이자 아르페지오(화음을 펼쳐 한 음씩 차례로 연주하는 기법 – 옮긴이)를 다수 사용한 섬세한 작품이다. 프랑스 동요 〈잘 자라 우리 아가〉와 〈이제 숲에는 가지 않으리〉에서 모티프를 가져왔다. 두 번째 곡은 『노르웨이의 숲』과 숲이라는 소재가 겹친다. 이 곡은 비를 테마로 했는데도 습기가 전혀 느껴지지 않는다. 이 곡을 작곡한 것이 다케미쓰 도오루였다면 축축하게 습기찬 음악이 되었을 것이고, 오에 겐자부로가 바로 연상되겠지만, 그러한 계통과는 분명하게 구별되는 건조함이 무라카미 하루키가 추구하는 소설 세계일 것이다. 그러나 초고를 읽은 작가의 아내에 의해 드뷔시 안은 깔끔하게 탈락, 현재의 제목으로 결정되었다고 한다. 치콜리니의 쿨하면서도 부서질 듯 섬세한 연주가 이 소설과 참 잘 어울린다.

재즈

소리가 울려 퍼지면 사건이 발생한다

베니 굿맨 〈Airmail Special〉

081 ▶

수록 앨범
《Benny Goodman Sextet》
1941년

부잣집 방탕한 아들로 태어나 오랜 기간에 걸쳐 수많은 스타를 발굴한(빌리 홀리데이에서 아레사 프랭클린, 브루스 스프링스틴에 이르기까지!) 존 해먼드가 그 재능에 반해 억지로 베니 굿맨에게 데려갔던 인물. 함께 연주한 이들을 압도하며 그 자리에서 악단에 입단하고, 순식간에 스타 솔리스트 중 하나로 자리매김한 찰리 크리스천은 메이저 신(Major Scene)에서 활약하는 동시에 할렘의 '민튼즈 플레이하우스'라는 언더그라운드 클럽에서 밤마다 잼 세션(뮤지션들이 사전 협의 없이 모여 즉흥적으로 하는 연주-옮긴이)을 열었고, 이후 '비밥'으로 불리는 애드리브 스타일 형식에 크게 공헌했다.

비유하자면 갑자기 나타나 음악 방송의 순위권 단골이 되었으면서, 촬영이 끝난 뒤에는 매일 밤 날이 새도록 뒷골목 클럽에서 최신 하우스 사운드를 디제잉했다. 이런 식의 해설이 적절할까?

업계의 톱스타로 자리매김했어도 이상하지 않았을 크리스천

은, 음반 데뷔로부터 고작 2년 남짓 활약하고 폐결핵으로 사망
했다. '모던 기타의 아버지'라 불리기에는 너무나도 젊은, 향년
25세(일설에 의하면 22세).

그가 메이저 신에 남긴 베니 굿맨 악단과의 일련의 수록작은
지금도 재즈 기타 솔로의 교본으로서 학습자에게 필수적인 교
재가 되었다. 이 시대는 아직 매체가 SP(Standard Play의 약자. 초
기의 비닐 레코드판으로 녹음 가능 시간은 약 5분 – 옮긴이)였기 때문
에, 스튜디오에서의 녹음은 솔로 연주 시간이 제한되는 이른바
'3분의 예술'이었다. 오히려 그 덕에 스튜디오에서 녹음한 그의
연주에는 듣기 좋은 매력이 응축되어 있다.

〈Airmail Special〉은 그러한 굿맨과 크리스천의 음악을 대표
하는 곡이다. 이 시기에 녹음된 곡이 최근 앨범으로 발매되었으
니 꼭 듣기를 권한다.

『양을 쫓는 모험』의 마지막 장면에 가까워졌을 때, 주인공은
창고에서 꺼내온 낡은 기타로 이 곡을 연습한다. 심플한 리프에

서 튀어나오는 크리스천의 기타 솔로 라인에는 분명히 자기도 모르게 따라하고 싶어지는 명랑함과 명석함이 있다.

　이것이 전쟁을 코앞에 둔 미국의 메이저 사운드였다. 당시 콜롬비아 대학교 학생이 녹음기를 가져가 녹음한 라이브 연주 기록이 남아 있다. 크리스천은 녹음 시간을 신경 쓰지 않고 마음껏 연주하고 관객들의 환호성까지 그대로 녹음된, 아마도 담배 연기가 자욱했을 지하 클럽의 현장 녹음이다. 갑작스레 애드리브로 시작하기 때문에(원곡은 아마도 〈Topsy〉) 편의상 〈Swing to Bop〉으로 불리는 이 레코딩에 담긴 크리스천의 솔로는 스튜디오 레코딩보다 훨씬 그루비하고 생생하다. 이 열광적인 잔치 분위기는 그야말로 이후 벌어질 '비밥'의 배틀감을 앞서 느낄 수 있는 것이었다. 찰리 파커와 함께한 연주가 남아 있지 않은 것이 실로 아쉬울 따름이다.

　『1973년의 핀볼』에서 핀볼 기계의 무덤을 앞에 둔 주인공의 휘파람과 마찬가지로, 초기 무라카미 하루키 소설에는 이야기

안에서 '음악'이 울려 퍼진 뒤 어떤 결정적인 사건이 일어나는 경우가 많다. 『양을 쫓는 모험』에서도 이 〈Airmail Special〉의 기타 연주가 잦아든 뒤, 이 소설에서 유일하다고 해도 좋을 폭력적인 장면이 등장한다.

빌 에반스 〈Waltz for Debby〉

082

수록 앨범
《Waltz for Debby》
1961년

　　무라카미 하루키의 초기 대 히트작 『노르웨이의 숲』은, 그때까지 그가 쓴 단편들을 조합해서 만들어졌다. 예를 들면 2장과 3장의 기반이 되는 것은 1983년 1월에 발표한 「반딧불이」다. 하루키는 『노르웨이의 숲』에서 지금까지 써온 작품 일부에서 보여준 경향—미니멀리즘적인 묘사와 에피소드에 중점을 두는 작품—을 다시 한 번 되돌아보고, 거기에 성적 묘사를 듬뿍 얹은 뒤, 주인공이 상황에 순응하는 듯하면서도 혀를 차는 "이것 참" 성분을 넉넉히 추가해 초기 작품의 총결산이라고 할 수 있는 장편을 만들어냄으로써 멋지게 반격에 성공했다. 이런 식으로 써놓으면 비꼬는 것처럼 느껴질 수도 있지만, 사실 『노르웨이의 숲』은 무라카미 하루키의 장편 중에서 독보적으로 잘 쓰인 소설이다.

　　도입부에서 비행기가 '비구름'을 뚫고 강하하면서 배경음악으로 "어딘가의 오케스트라가 달콤하게 연주하는", 다시 말해 비틀스의 원곡이 아닌 〈Norwegian Wood〉가 흐르고, 그것을

등장 작품
『노르웨이의 숲』

들은 '서른일곱 살'의 나는 깊고 격렬한 혼란에 빠진다. 상하운
동이 현재를 놓쳐버리는 계기로 작용하는 것은 『세계의 끝과 하
드보일드 원더랜드』에서도 '엘리베이터'라는 형태로 도입된 바
있지만, 수평으로 펼쳐진 '들판'과 그곳에 뚫려 있다는 '우물' 이
야기는 '와타나베'와 '나오코'의 관계가 주제론적으로 제시된 교
묘한 인트로다. 그리고 그곳에는 역시나 음악이 있고, 여러 형
태로 변주되고 반복되는 음악을 완충재 삼아 그들은 자신의 독
백을 간신히 대화로 성립시킨다. 마치 작은 촛불의 불빛처럼 두
사람의 대화 사이에는 음악이 자리 잡았고, 도입부의 혼란은 의
식(儀式) 대상의 부재—이 소설의 에피그래프(작품 서두에서 서
문 역할을 하는 인용문 - 옮긴이)는 "수많은 축제를 위하여"다—로
인해 발생한 것으로 볼 수 있다.

〈Waltz for Debby〉는 주인공과 나오코가 처음으로 잠자리를
함께하는 그 밤의 만찬에서 턴테이블 위를 돌던 음반이다. 나오
코는 그날 이상할 정도로 잘 떠들었다.

나는 처음에는 적당히 맞장구를 쳤지만 곧 그것도 그만두었다. 나는 음반을 틀고, 그 음반이 끝나고 나면 바늘을 올려 다음 음반을 틀었다. 한 차례 전부 틀고 나면, 다시 처음 음반을 틀었다. 음반은 전부 여섯 장 정도밖에 없었고, 첫 장은 비틀스의《Sergeant Pepper's Lonely Hearts Club Band》, 마지막 장은 빌 에반스의 《Waltz for Debby》였다. 창 밖에는 계속해서 비가 내렸다. 시간은 천천히 흘렀고, 나오코는 혼자서 계속 떠들었다.

앨범《Waltz for Debby》는 1961년의 뉴욕 빌리지 뱅가드에 출연한 빌 에반스 트리오의 라이브를 녹음한 것이다. 이 공연에서 두 장의 앨범이 제작되었고, 빌 에반스의 피아노, 스콧 라파로의 베이스, 폴 모티앙의 드럼으로 이루어진 사운드는 이후 '피아노 트리오'의 규범으로서 여러 뮤지션에게 압도적인 영향을 끼쳤다. 특히 스콧 라파로의 베이스는 가히 완벽하다고 할수 있을 정도였으며, 전원이 자신의 박자를 유지하며 연주하는 이 트리오의 리듬감은 실로 훌륭하다. 하지만 스콧 라파로는 이 공연이 끝난 2주 뒤 투어 중 일어난 교통사고로 스물다섯 살이라는 젊은 나이로 사망한다.

죽은 이, 사라진 이를 사이에 둔 달변과 침묵이 『노르웨이의 숲』이 이야기하는 '수많은 축제'다. 턴테이블 위에서 돌아가는 음반은 그 축제를 받쳐주는 대표적인 장치였다. 이후의 하루키 작품이 '음악'을 다루는 방식은 천천히 또 다른 형태로 변해간다.

듀크 엘링턴 〈Star Crossed Lovers〉

083

수록 앨범
《Such Sweet Thunder》
1957년

　『국경의 남쪽, 태양의 서쪽』이 출간된 직후 동네의 친한 중고 음반 가게 점원에게 들은 이야기다. "저기, 듀크 엘링턴이라는 사람의 〈Star Crossed Lovers〉라는 곡이 들어있는 CD 주세요" 라는 요청을 받는 일이 이어졌는데(그것도 음반 가게에서는 보기 드문 타입의 여성들이), 하루키도 책에 적었듯이 이 곡은 수많은 엘링턴의 명곡 중에서도 전혀 유명하지 않았고, 《Such Sweet Thunder》라는 앨범 제목도 책에 등장하지 않은데다, 이 시기에 이 곡은 일본에 CD로 발매되지 않았던 모양이다. 그 점원은 앨범을 찾을 수 없어 손님들에게 사과를 하고 머리를 긁적이던 중 나중에야 그것이 『국경의 남쪽, 태양의 서쪽』에 나왔다는 사실을 알고 "하루키 이 자식!"이라고 외쳤다는 목가적 일화가 있었다. 이것은 인터넷이 보급되기 이전인 1990년대 초반 이야기다.

　모음곡 중 한 곡이기 때문에 점원이 기억 못하는 것도 무리는 아니다. 앨범 《Such Sweet Thunder》는 엘링턴이 셰익스피어

의 세계를 '엘링턴 사운드'로, 다시 말해 낭독도 가창도 게스트
도 없이 구성한 독특한 앨범으로, 〈Star Crossed Lovers〉는 『로
미오와 줄리엣』을 모티프로 한 곡이다. 별이 가득한 하늘을 가
로지르는 '멀고 먼' 연인들이라는 뜻으로, 이쪽으로 치면 견우와
직녀 이야기다. 『국경의 남쪽, 태양의 서쪽』에서는 이 곡과 냇
킹 콜이 부르는 〈South of the Border〉(실존하지 않는 곡이다)가
이야기의 중심에 놓여 있다.

주인공인 '나'는 재즈 바 경영에 성공한 청년 실업가로, 자신
이 경영하는 바에서 자기가 좋아하는 연주를 하는 피아노 트리
오를 고용해, 자기가 좋아하는 곡(꽤 마니악한 곡)을 연주하게 한
다. 즐겁지 않을 리가 없다.

무라카미 하루키는 자신이 좋아하는 엘링턴을 "과감하게 개
인적으로" 한정한다면, "내가 좋아하는 엘링턴은 1939년 후반
에서 1940년대 전반에 걸친, 그렇게 '난해'하지도 않고, 그렇
게 와일드하지도 않은 즐겁고 세련된 엘링턴이다. 특히 지미 블

랜튼이 참가했던 때를 전후로 한 곡이 좋다"고 말했다. 동감하는 바다. 베이스에 지미 블랜튼, 테너 색소폰에 벤 웹스터를 둔 RCA(현재 소니 뮤직 산하의 미국 음반사－옮긴이) 시대 엘링턴의 곡들은 현재 '블랜튼 웹스터 밴드'로 불리며 세 장의 CD로 갈무리되어 있다. 이 세 장의 음반은 20세기 미국 음악의 보물이라 해도 좋을 것이다. 엘링턴 입문작으로 모자람이 없는 음반이니 흥미가 있다면 반드시 구입해서 들어보길 바란다.

그 밖에도 추천할 만한 앨범으로는 단 한 장만 제작해서 엘리자베스 여왕에게 헌정된 《여왕 모음곡(The Queen's Suite)》이 있다. 이 앨범은 엘링턴이 사망하기 전까지는 대중에게 공개되지 않아 팬들 사이에 전설로 전해지고 있었는데, 듣는 이가 모두 놀랄 정도로 우아한 앨범이니 반드시 들을 가치가 있다. 듀크 엘링턴, 찰스 밍거스, 맥스 로치라는 무시무시한 피아노 트리오의 《Money Jungle》도 굉장하다. 엘링턴의 작품에서 무언가 하나를 고르려 할 때면, 하루키가 말했듯 "우리는 마치 만리장성을 눈앞에 둔 야만족처럼 압도적인 무력감에 휩싸이고 말 것이다."

그러나 이 만리장성이야말로 평생에 걸쳐 탐구할 가치가 있는 세계다. 아직 경험하지 못한 사람은 지금부터라도 결코 늦지 않았다. 20세기 최대의 예술인 엘링턴 사운드의 21세기에 영광 있으라!

존 콜트레인 〈My Favorite Things〉

084

수록 앨범
《My Favorite Things》
1960년

  존 콜트레인은 테너 색소폰의 거인이다. 그는 1960년에 이
〈My Favorite Things〉를 처음으로 레코딩했고, 1967년에 마흔
살의 나이로 세상을 떠나기까지(그나저나 이렇게 적어놓고 보니
이 시기 재즈맨들의 요절 사례가 놀랍도록 많다는 사실을 알 수 있다),
이 곡을 거듭해서 라이브로 연주했다.

  〈My Favorite Things〉는 1959년 리처드 로저스와 오스카 해
머스타인 2세라는 명콤비가 제작한 뮤지컬 〈사운드 오브 뮤직〉
에 등장하는 작은 왈츠 곡이다. 이 뮤지컬이 영화화되어 세계적
으로 히트하게 되는 것이 1965년이니, 콜트레인은 이 곡이 유
명해지기 전부터 연주한 셈이 된다. 극중에서 이 곡은 한밤중의
천둥번개에 겁을 먹은 아이들에게 주인공이 자장가 대신 '내가
좋아하는 것들'을 노래로 불러 아이들과 친해진다는 장면에 사
용되었다. 무대는 유럽, 파시즘 정권에 의한 오스트리아 합병을
눈앞에 둔 시대의 이야기로, 리처드 로저스는 〈남태평양〉이나
〈왕과 나〉 등 미국 이외의 나라를 무대로 한 뮤지컬의 곡을 만

드는 솜씨가 가히 천재적이다. 〈사운드 오브 뮤직〉에서는 춤곡
인 〈My Favorite Things〉 외에도, 아무리 들어도 옛날부터 전
해져오는 오스트리아 민요로밖에 들리지 않는 〈에델바이스〉를
비롯해 역사에 남을 〈도레미 송〉 등을 연발하며 이 콤비의 마지
막 무대를 장식했다.

　　그런데 존 콜트레인은 〈My Favorite Things〉를 자신의 4중
주단이 연주할 때 4분의 3박인 춤곡 박자를 두 배의 리듬으로
쪼개 4박과 3박이 동시에 진행되는 폴리리듬(서로 다른 두 리듬
이 동시에 연주되어 충돌하는 상태 – 옮긴이) 상태로 변환시킨다. 게
다가 코드 진행을 지워버린 심플한 모드와 피아노에 의한 오스
티나토(악기나 성부에서 똑같은 멜로디가 계속 반복되는 것 – 옮긴이)
로 화성 구조를 환원해 마디라는 단위를 대담하게 뛰어넘으며
연주를 지속할 수 있는 상태를 만들어냈다. 다시 말해 오스트리
아 민요풍의 노래를 아프리카의 폴리리듬 음악으로 연주하는
방향으로 비튼 것이다.

뉴욕 출신의 유대계 미국인이 만든 가공의 '빈 왈츠'를, 아프리카계 미국인이 색소폰과 드럼, 피아노, 베이스라는 악기를 사용해 아프리카 음악으로 만든다. 적어놓기만 해도 현기증이 날 정도로 혼란스러운 상황인데, 이 비틀림에 축적된 전압의 강도는 실로 어마어마했다. 이 곡은 연주를 거듭할수록 더 길게, 격렬하게, 더 이상 원곡의 형태를 알아볼 수 없을 만큼 해체되어 연주되었고, 1966년에는 음반 한 장이 통째로 〈My Favorite Things〉를 담는 지경에 이르렀다. 그럼에도 연주는 아직 끝나지 않았다. 콜트레인의 무지막지한 파워야말로 1960년대 재즈를 과격한 방향으로 이끈 방아쇠인 것이다. 이 글을 읽는 독자는 1960년대 존 콜트레인의 행보를 〈My Favorite Things〉의 각 버전을 비교해 들음으로써 꼭 체험해보기를 바란다.

『해변의 카프카』에 등장하는 콜트레인의 〈My Favorite Things〉가 어느 시기에 녹음된 것인지에 대해서는 명확히 밝혀진 바가 없다. 소설에서도 이 곡은 그다지 중요한 역할을 하지는 않는다. 『해변의 카프카』라는 이 소설의 제목이 어디에서 유래했는지는 앞으로 이 소설을 읽을 사람들을 위해 입을 다물도록 하겠다. 그 사실을 알았을 때 나는 꽤나 놀랐다. 콜트레인이 음악 안에 새겨 넣은 문화적 혼돈을 들으며, 다시 한 번 『해변의 카프카』를 읽어보고 싶다.

마일스 데이비스 〈A Gal in Calico〉

085

수록 앨범
《The Musings of Miles》
1955년

하루키의 데뷔작 『바람의 노래를 들어라』는 다시 읽어보면 꽤나 복잡한 시간과 공간의 이동이 장과 장 사이에 장치되어 있다는 사실을 깨닫게 된다. 스물한 살의 여름방학 3주간이 기본 시간 축이면서 (가공의) 먼 과거이자 먼 거리의 존재인 데릭 하트필드, 가까운 과거인 열여덟 살에서 스물한 살, 그리고 그것을 기록하고 있는 8년 뒤의 현재······. 이런 식으로 주인공이 있는 장소는 몇 겹이나 되는 시간 속에서 공중에 매달려 있다. 결정적 착지를 거부하며 사건의 주위를 맴도는 이러한 부유감이 이 소설의 매력 중 하나라고 할 수 있다.

〈A Gal in Calico〉는 앨범 《The Musings of Miles》에 수록된 곡이며, 주인공 '나'는 음반 가게의 카운터에 있던 '새끼손가락이 없는 여자'에게 이 곡명을 말하면서 이 곡이 수록된 앨범을 찾아달라고 부탁한다. 콰르텟 편성으로 이루어진 이 앨범은 마일스 데이비스의 수많은 작품 가운데에서는 그다지 눈에 띄지 않는 앨범이고, 전문가가 아니고서는 '어라, 어디에 들어 있

는 무슨 곡이었지?' 하고 좀처럼 떠올리기 힘든 곡이다. 마일스
가 이 곡을 연주한 것은 이 앨범을 녹음할 때 딱 한 번뿐이었다.
'새끼손가락이 없는 여자'는 "조금 시간이 오래 걸렸"지만, 제대
로 정답을 찾아서 가져온다.

소설의 무대 설정으로 말하자면 이 시기(1970년 여름)의 마일
스는 전자음악으로 변화된 사운드인 《Bitches Brew》가 화제가
되었던 시기로, 이 타이밍에 1950년대에 녹음된 《The Musings
of Miles》를 찾아달라는 모습에서는 상당한 허영심이 느껴진다.
게다가 『바람의 노래를 들어라』가 쓰인 1970년대 후반, 마일스
는 은퇴 선언 후 칩거에 들어가 음악계에는 모습을 드러내지 않
던 상황이었다. 소설의 주요 음악인 비치 보이스의 〈California
Girls〉가 이제는 결코 되돌릴 수 없는 '서해안 음악' 전성시대와
의 거리를 나타내는 것처럼, 초기 하루키 소설에서 음악은 이야
기의 상당 부분을 성립시키기 위해 섬세하게 선택되었다.

스탠 게츠 〈Jumpin' with Symphony Sid〉

086

수록 앨범
《Jazz at Storyville Vol.2》
1951년

　무라카미 하루키의 두 번째 단행본인 『1973년의 핀볼』은 『바람의 노래를 들어라』와 비교했을 때 한층 더 죽음과 쓸쓸함의 기척이 편재된 소설이다. 도입부에서부터 "그들은 마치 메마른 우물에 돌을 던져 넣는 것처럼", "분명 어디선가 도토리라도 갉아먹으며 사멸해버렸겠지", "비 오는 날에는 운전수가 지나쳐버릴 것만 같은 비참한 역", "마치 몸이 여러 개의 서로 다른 부분으로 나뉜 듯한", "뒷다리가 철사에 끼인 채, 쥐는 나흘째 아침에 죽었다" 등 죽음의 세계로 이어지는 비유와 에피소드가 빈번히 등장한다. 아슬아슬한 리얼리즘 묘사로 쌓아올린 이 소설이 앞으로도 계속 '죽음'을 다루는 우화로 전개될 것임을 이 몇 페이지만으로 예상할 수 있다. 실제로 주인공은 그 뒤 잃어버린 핀볼 기계를 찾기 위한 오르페우스의 여정에 빠져들고, 낡은 핀볼 기계가 늘어선 창고에 다다라 '그녀'와 대화를 나누고, 핀볼 게임을 하지는 않은 채 기계를 내버려두고 현실로 되돌아온다.

　그가 일상 업무(번역)의 배경음악으로 기분 좋게 듣고, 또 그

창고에서 (스스로를 유지하기 위해 혼자) 휘파람으로 부는 곡이 바로 스탠 게츠의 〈Jumpin' with Symphony Sid〉다. "휘파람은 앞을 가로막는 것 하나 없는 황량한 냉동 창고에 멋지고 아름답게 울려 퍼졌다. 나는 조금 기분이 좋아져 다음 네 소절을 불었다. 그리고 다시 네 소절. 주위의 모든 것들이 귀를 기울이고 있는 것 같았다. 물론 아무도 고개를 흔들지 않고, 아무도 발을 구르지 않는다."

백인 색소폰 연주의 거성 스탠 게츠의 이 가벼운 블루스 연주는, 현실에 자신을 붙들어 매기 위해 네 소절씩 그 소리를 확인해가며 휘파람으로 불기에 적절한 곡이다. 밝고 가벼운 이 사운드가 바로 이 소설의 클라이맥스일 것이다.

소니 롤린스 〈On a Slow Boat to China〉

087

수록 앨범
《Sonny Rollins with the Modern Jazz Quartet》
1951년

〈On a Slow Boat to China〉는 모던 재즈 팬 사이에서는 〈If I Were a Bell〉이나 〈Let's Get Lost〉 등의 노래를 만든 것으로 유명한 프랭크 레서의 곡이다. 무라카미 하루키는 첫 단편집의 제목으로 이 곡을 골랐다. 많은 뮤지션이 이 곡을 연주했지만 그중 최고는 1951년 소니 롤린스의 연주일 것이다. 케니 드류의 경쾌한 피아노 반주와 함께 스물한 살의 젊은 사자 롤린스는 메인 테마도 솔로도 그야말로 자유롭게 연주해낸다.

롤린스의 이 연주는 진주군에 의한 점령이 드디어 끝나려는 시기의 일본 '재즈(=비밥)' 뮤지션에게도 크게 사랑받았다. 당시 SP 음반에 컷되어 들어간 이 녹음 버전을 음반이 하얗게 되도록 반복해 들으며 카피했다는 에피소드가 그 시절 세션의 양상을 기록한 음반 《메모리얼 모리야스 쇼타로/모캄보 세션》(1954년 레코딩) 관련 원고에 남아 있다. 실제로 그 당시의 모더니스트가 한데 모인 이 세션(배우이자 드러머인 하나 하지메가 드러머로서 지휘를 담당하고 배우 우에키 히토시가 입구에서 참가비를 걸었다는 모양이다)에서도 이 곡이 다루어졌고, 미야자와 아키라가 그야말로 롤린스가 된 기분으로 멋지게 색소폰을 분다.

　단편 「중국행 슬로보트」는 아홉 살, 열아홉 살, 스물여덟 살세 번에 걸쳐 화교 친구들과 엇갈려버린 주인공의 중국과의 거리를 좁히지 못하는 "느려터진 배" 같은 모습을 그린 작품이다. 전쟁 직후 미국 샌프란시스코에서 중국 상하이까지 배편으로 과연 얼마만큼의 시간이 걸렸을까. 무라카미 하루키는 이 단편집을 출간하고 얼마 지나지 않아 실제로 자주 해외로 이동해서 작품을 집필하는 스타일의 작가로 성장하게 된다.

프랭크 시나트라 〈Night and Day〉

088

수록 앨범
《A Swingin' Affair》
1957년

초기 단편집 『반딧불이』의 「춤추는 난쟁이」에 꿈에 나온 난쟁이가 춤출 때 고른 음반 중 한 장에 프랭크 시나트라가 부르는 〈Night and Day〉가 들어 있다. 자세하게 쓰여 있지는 않지만, 틀림없이 캐피탈 레코드 시절에 녹음된, 명장 넬슨 리들의 스윙 가득한 어레인지 버전일 것이다. "밤에도 낮에도 오직 그대만을……." 시나트라 최고의 노래 중 하나라고 할 수 있다.

그런데 무라카미 하루키가 이따금 쓰는 「춤추는 난쟁이」 같은 작품을 소설의 형식론적으로 생각해본다면 뭐라고 불러야할까. 꿈속에 나타난 춤 잘 추는 난쟁이, 혁명 이후 공장에서 코끼리를 만드는 '나', 혁명 전의 소문, 여자, 여자를 꾀기 위해 난쟁이에게 자신을 맡기는 '나', 그리고 사랑이 성취되는 장면에서 갑자기 시작되는 다음과 같은 묘사.

그녀의 얼굴이 변하기 시작한 것은 바로 그때였다. 먼저 콧구멍에서 통통하고 하얀 무언가가 기어 나오는 것이 보였다. 구더기

||

등장 작품
「춤추는 난쟁이」(「반딧불이」)

였다. 지금까지 본 적이 없을 만큼 거대한 구더기였다. 구더기는 양쪽 콧구멍에서 계속 기어 나왔고, 기분 나쁜 썩은 내가 갑자기 주위를 가득 채웠다. 구더기는 입술에서 목으로 굴러 떨어졌는데, 어떤 녀석은 눈을 지나 머리카락 안쪽으로 파고들었다. 코의 피부가 주르륵 벗겨져 안쪽의 녹은 살이 미끈둥하게 주위로 펼쳐져 결국은 두 개의 검은 구멍만이 남았다. 구더기 떼는 아직도 거기서 기어 나오려고 썩은 살범벅이 되어 꿈틀대고 있었다.

결국 이 변모는 '난쟁이'의 짓임을 알게 되지만, 이 장면까지는 '난쟁이'도 '코끼리 공장'도 '나'의 생활도 모두 우화처럼 진행되어 왔는데, 갑자기 여기만 카메라를 가까이 가져다 댄 듯 상세한 묘사가 진행된다. 처음부터 이 장면을 쓰고 싶었던 것인지, 아니면 우화 속의 해프닝에 불과한 것인지……. 이후의 장편에서 이러한 혼재가 어떠한 방식으로 처리되는지를 살펴보는 것도 재미있을 것 같다.

217

MJQ ⟨Vendôme⟩

089

수록 앨범
《Place Vendôme》
1966년

MJQ, 풀 네임 '모던 재즈 콰르텟'은 피아니스트 존 루이스가 음악감독, 비브라폰 주자 밀트 잭슨이 수석 솔리스트, 베이스에 퍼시 히스, 초대 드러머는 케니 클라크, 2대 드러머 코니 케이로 이루어진 4인조 멤버로, 변함없는 음악성으로 격동의 1950년대에서 1980년대를 쭉 연주해나간 기특한 악단이다. 원래는 바흐를 주로 연주하던 존 루이스의 유럽 실내악 취향과 밀트 잭슨의 마치 수도꼭지에서 쏟아져 나오듯 넘쳐흐르는 소울풀한 연주가 결합한 절묘한 균형 감각에 대하여 무라카미 하루키는 『포트레이트 인 재즈』에서 다음과 같이 적었다.

"다른 세 사람은 설정된 집단적인 사운드를 반듯하게 유지하는데, 비브라폰 주자인 밀트 잭슨은 솔로 도중에 그 형식적인 스타일을 견디지 못하고, 윗도리를 휙 벗어던지고 넥타이를 풀어헤치고—물론 비유적인 의미로—개인적으로 유유히 스윙하기 시작한다. 하지만 상황이 그렇게 되어도 나머지 세 사람은 '나하곤 상관없어'라는 식으로 담담하고(그렇지 않을지도 모르겠지만, 적어도 표면적으로는) 무표정하게 MJQ적인 리듬을 유지한다. 잭슨은 하고 싶은 연주를 다 하고 나면 아무 일도 없었다는 듯이 다시 윗도리를 반듯하게 입고 넥타이를 조인다. 그 반복이다."

아주 정확한 표현이다. 라이브에서는 분명 저런 느낌이지만, MJQ의 스튜디오 레코딩 작품에는 코러스를 전면적으로 도입한 《Place Vendôme》(소설 속에 나오는 〈Vendôme〉이 이 앨범에 수록된 어레인지 버전이라고 생각하면 재미있다), 가면극을 모티브로 한 《The Comedy》(앨범 중 한 곡에 참가한 다이앤 캐럴이 장난 아님), 무려 비틀스의 애플 레코드에서 발매된 《Space》 등, 기인 존 루이스의 센스가 폭발하는 특이한 앨범이 잔뜩 있으니, 다들 꼭 한번 들어보았으면 한다.

에롤 가너 〈I'll Remember April〉

수록 앨범
《Concert by the Sea》
1955년

『회전목마의 데드 히트』는 무라카미 하루키가 당시 친구들에게 들은 이야기를 "원칙적으로 사실에 근거해", "들은 대로의 이야기를, 되도록 그 분위기를 망가뜨리지 않는 문장으로 옮긴", "장편을 쓰기 전의 워밍업 삼아" 쓴 스케치를 모은 책이다. 그렇다고는 해도 이 책에 등장하는 것은 어디까지나 하루키적인 사건들이며, 평범하게 단편소설집으로 취급될 수 있는 작품이다.

하루키는 "타인의 이야기를 들으면 들을수록, 그리고 그 이야기를 통해 사람들의 삶을 엿보면 엿볼수록 우리는 어떠한 무력감에 사로잡히고 만다. '앙금'이란 바로 그 무력감을 가리킨다. '우리는 어디에도 갈 수 없다'는 것이 이 무력감의 본질이다"라고 '서문'에 서술했다. 여기서 이야기하는 "어디에도 갈 수 없"는 "무력감"이, "들은 대로의 이야기"를 갈무리한 르포 작품 『언더그라운드』를 거쳐, 어떠한 형태로 그 이후의 하루키 소설에 표현되었나 하는 테마는 매우 흥미롭다.

그나저나 〈I'll Remember April〉은 작중 한 편인 「구토

II

등장 작품
「구토 1979」(『회전목마의 데드 히트』)
「타일랜드」(『신의 아이들은 모두 춤춘다』)

1979」에서 이유를 알 수 없는 장난 전화와 구토 증상에 괴로워
하던 친구가, 그것들이 뚝 끊긴 날에 듣고 있던 에롤 가너 트리
오의 라이브 앨범《Concert by the Sea》의 첫 곡이다. 친구는
"중간파(1940년대에서 1950년대 스윙 재즈를 총칭하는 일본 용어 –
옮긴이)에 가까운 연주의 후기 음반을 모으고 있다"는 모양인데,
에롤 가너라는 특이한 피아니스트를 표현하는 단어로 제법 적
절해 보인다. 그의 왼손 반복 프레이즈는 지금 들으면 상당히
신선하게 들린다. 제이슨 모런이 패츠 월러를 파고들었듯이, 이
시기의 연주도 신세대가 참고할 만한 것이라고 생각한다. 이 앨
범은 「타일랜드」(『신의 아이들은 모두 춤춘다』)에도 등장해 중요
한 역할을 해낸다.

호기 카마이클 〈Stardust〉

수록 앨범
《Hoagy Carmichael: The First of the Singer-Songwriters》
1927년

　호기 카마이클이라는 뮤지션은 재즈맨이 아니고, (당시 그런 단어는 없었지만) 싱어송라이터의 개척자로서 〈Stardust〉는 물론 이고 〈Georgia on My Mind〉, 〈The Nearness of You〉 등의 명곡을 여럿 작곡하며 재즈보다 더욱 큰, 이른바 무드로 가득 찬 대중음악 세계에서 사랑받은 뮤지션이다. 피아노 연주에 어 울리는 감미로운 곡이 많아서 바 같은 곳에서 자주 들을 수 있 다. 『댄스 댄스 댄스』의 호텔 바에서의 연주에 이 곡이 그야말로 안성맞춤인 셈이다.

　1950년대 이후 그는 영화나 텔레비전에서도 활약했고, 하워 드 호크스 감독의 영화 〈소유와 무소유〉의 마지막 장면, 험프 리 보가트와 로런 버콜, 월터 브레넌 세 명이 저마다의 걸음걸 이로 퇴장하는 술집 장면에서 갑자기 피아노에 달려들어 부기 스타일의 피아노를 연주하는 사람이 바로 호기 카마이클이다. 이 영화에서는 〈Hong Kong Blues〉를 피로했으며, 이와 같은 그의 세계를 즐기고 싶다면 네 장 구성으로 전쟁 이전의 음원

5 장　재즈 – 소리가 울려 퍼지면 사건이 발생한다　　　　　　　　　　222

을 가득 담은《Hoagy Carmichael: The First of the Singer—Songwriters》라는 염가 박스판을 추천한다. 카마이클 본인이 노래한 곡도 잔뜩 들어 있으며, 각기 다른 밴드가 연주하는 〈Lazybones〉를 비교하며 즐길 수 있다. 패츠 월러가 연주한 〈Two Sleepy People〉도 빼놓을 수 없는 명곡이다.

빅스 바이더벡 〈Singin' The Blues〉

수록 앨범
《Singin' the Blues》
1927년

　　무라카미 하루키가 운영했던 재즈 카페 '피터 캣'은 1970년
대에 '1950년대의 재즈'를 들려주는 카페라는 간판을 내걸었
다. 하루키는 이 점에 대해 재즈 비평가 오노 요시에와 나눈 대
담에서 "나름대로 꿋꿋이 해냈다"고 말했다. 쇠퇴하기 시작했다
고는 하지만 재즈에는 아직 앞으로 나아가는 힘과 새로운 것을
만들어내는 힘이 남아 있던 시대였으며, 확실하게 과거 사운드
의 기치를 내세우는 것은 거의 반골이라 할 수 있었다. 스이도
바시에 있던 재즈 카페 'SWING'에서 아르바이트를 했던 경험
을 통해 그는 모던 이전의 재즈에도 강한 애착을 갖게 되었다고
도 말했다.

　　"그 카페에서는 트래드 재즈만 전문적으로 틀어주었다. 비밥
을 비롯해서 그 이후에 탄생한 새로운 스타일의 재즈는 싹 무시
하는 상당히 독특한 카페였다. 찰리 파커도 버드 파월도 문전박
대. (중략) 존 콜트레인과 에릭 돌피가 절대적으로 신성시되던
시대였으니 그런 카페에 여느 손님이 발을 들여놓을 리 없다.

등장 작품
『1973년의 핀볼』
『포트레이트 인 재즈』

그러니 카페는 충성을 맹세한 광신적인 단골손님들로 간신히 유지되는 것이나 다름없었다."(『포트레이트 인 재즈』)

하루키는 이 카페에서 모던 이전 재즈의 매력을 알게 된다. 그중에서도 그가 가장 매력을 느낀 한 명이 바로 스물여덟 살에 요절한 빅스 바이더벡이었다. 하루키가 쓰고 일러스트레이터 와다 마코토가 그린 『포트레이트 인 재즈』의 문고판 표지 모델이 바로 빅스 바이더벡이다. 하루키는 "빅스의 음악을 들어본 사람이면 우선 '이 음악은 누구에게도 아첨하지 않는다'는 점을 이내 느낄 수 있을 것이다"라고 말했다. 그가 고른 곡은 그중에서도 빅스의 재능이 응축된 솔로가 담긴 곡이다. 빅스가 활약한 1920년대 미국의 사운드는 최근 하루키의 소설들과 제법 잘 맞아떨어진다고 보기에, 빅스의 음악과 함께 독서를 즐겨보기를 추천한다.

클리포드 브라운 〈All God's Chillun Got Rhythm〉

수록 앨범
《The Best of Max Roach and Clifford Brown in Concert》
1954년

　고베 대지진의 영향을 강하게 받아 집필된 연작 단편집 『신의 아이들은 모두 춤춘다』의 제목은 1937년이라는 미묘한 시기에 히트했던 스탠더드 곡에서 인용한 것이다. 1929년 검은 목요일(1929년 10월 24일 목요일 뉴욕증권시장에서 일어난 주가 대폭락 사건 – 옮긴이)에 의한 미국의 첫 버블시대 종말로부터 약 10년, 뉴딜 정책의 효과로 간신히 회복되기 시작한 미국 경제는 전쟁을 앞둔 몇 년간을 스윙이라는 열광적인 댄스 음악과 함께 보내고 있었다. '재즈'라고 하는, 미시시피 강을 거슬러 올라온 세련되지 않고 이국적인 음악은 불황기의 도시에서 '백인 중산층의 댄스 음악'으로 탈바꿈했고, 미국은 이때 진정 처음으로 자신들의 것이라 말할 수 있는 '음악'을 손에 넣는다. 같은 해 제작된 막스 형제의 영화 〈경마장의 하루〉에서는 이 곡에 맞춰 흑인 뮤지션들이(이비 앤더슨 노래) 성대하게 춤을 추는 장면이 있다. '신의 아이들'이란, 여기서는 바로 흑인을 가리킨다.

　모던 재즈기에 돌입한 뒤 이 곡에는 두 개의 명연주가 또 탄생

등장 작품
「신의 아이들은 모두 춤춘다」(『신의 아이들은 모두 춤춘다』)

한다. 클리포드 브라운과 맥스 로치 그룹의 라이브 레코딩과 버드 파월 트리오의 연주다. 그들의 기쁨으로 가득한 연주와 뮤지컬적인 린디 홉(스윙 댄스의 하위 장르 - 옮긴이)을 지켜본 뒤, 「신의 아이들은 모두 춤춘다」에서 '요시야'가 버려진 야구장의 마운드에서 추는 춤과 비교해보았으면 한다.

"지금까지와는 다른 소설을 쓰자"라는 소설가 '준페이'의 결의로 마무리되는 이 단편집을 무라카미 하루키의 전환점으로 보는 평론가가 많다. 단편 「UFO가 구시로에 내리다」의 주인공이 섹스를 하러 가서 행위가 시작되었는데도 발기가 되지 않아 결국 실패했다는, 하루키의 소설 속에서의 실로 놀라운 사태에서도 그런 변화를 엿볼 수 있다. 이즈음부터 하루키의 소설은 갱년기에 접어들었다고 생각할 수도 있다.

토미 플래너건 〈Barbados〉

수록 앨범
《Montreux '77》
1977년

　무라카미 하루키는 『도쿄기담집』에 수록된 「우연 여행자」의 도입 부분에서, 자신이 보았던 토미 플래너건 트리오의 라이브 공연에서 좀처럼 신명나지 않던 그 연주 도중 마음속으로 바라던 〈Star Crossed Lovers〉와 〈Barbados〉라는 두 곡이 마지막 메들리로 연주되는 '사건'에 대해 이야기한다.

　이 두 곡이 담긴 토미 플래너건의 앨범은 《Montreux '77》로, 마침 하루키가 재즈 카페를 경영하던 시기에 발매되었다. 그는 이 앨범을 (신보로서는 예외적으로) 자신의 가게에서 즐겨 들었을 것이다. 이러한 개인적 편애가 세계에 일어나는 일과 직접적으로 연동되는 경험을 한 뒤, 무라카미 하루키는 "재즈의 신 같은 존재가 있을지도 모르겠다"고 느꼈다고 적는다.

　〈Star Crossed Lovers〉는 다른 글에서 다루었으니 여기서는 〈Barbados〉에 대해서 이야기하자. 롤린스의 〈Sonnymoon for Two〉와 마찬가지로 이 곡도 블루스지만, 일단 들어보면 본 주제의 멜로디 구성이 매우 복잡하다는 점을 알 수 있다. 찰리 파

등장 작품
「우연 여행자」(「도쿄기담집」)

커와 버드 파월은 이처럼 복잡한 주제를 가진 블루스 곡을 여럿 작곡해 재즈맨들의 기술적 수준을 대폭 상승시켰다. 〈Blues for Alice〉, 〈Bird Feathers〉, 〈Relaxin' at Camarillo〉, 〈Billie's Bounce〉, 〈Mohawk〉……. 모두 모던 재즈의 고전이며, 그 멜로디에는 버드의 지성과 해학이 가득 담겨 있다. 아직도 수수께끼가 풀리지 않는 '비밥'이라는 특수한 음악의 세련된 매력이 버드의 블루스 테마에 집약되어 있다.

찰리 파커 〈Just Friends〉

수록 앨범
《Charlie Parker with Strings(The Master Takes)》
1949년

등장 작품
「1973년의 핀볼」

『1973년의 핀볼』에서 번역 일을 하는 '나'가 〈Jumpin' with Symphony Sid〉 등의 곡과 함께 업무 중에 듣는 곡이다. 모던 재즈의 아버지이자 최고로 엉망진창인 생애를 보낸 찰리 파커의 후기(라고 해도 35년밖에 살지 못했지만) 레코딩으로, 이른바 '위드 스트링스(재즈에 현악기를 도입한 재즈 장르의 일종 – 옮긴이)' 작품이다.

이 세대의 재즈맨들에게는 현악 어레인지, 즉 할리우드 또는 클래식적인 오케스트라의 울림에 콤플렉스를 가진 사람들이 많았고, 파커도 이 기획을 기분 좋게 받아들였다. 특히 이 〈Just Friends〉의 섬광과도 같은 인트로 애드리브는 그의 연주 가운데에서도 최고 걸작 중 하나다.

비밥 오리지널이 아니라 일부러 이런 특별한 곡을 골라 글에 담다니 과연 재즈 카페의 주인장답다.

셀로니어스 멍크 〈Honeysuckle Rose〉

수록 앨범
《The Unique Thelonious Monk》
1956년

등장 작품
「노르웨이의 숲」

　재즈맨은 크게 두 종류가 있다. 하나는 직접 작곡하지 않고 세간에 존재하는 스탠더드를 연주하는 타입. 이 타입의 대표로는 쳇 베이커와 스탠 게츠가 있다. 대체로 이쪽이 모던 재즈맨의 메인인 셈이지만, 반면 완고하게 자신의 오리지널 곡만을 레퍼토리로 삼는 사람도 있는데 셀로니어스 멍크가 완전히 이쪽에 해당한다. 그 멍크가 무대마다 한 번 정도, 이를테면 휴식에 들어가기 직전에 〈Just a Gigolo〉라거나 〈Everything Happens to Me〉 같은 오래된 곡을 솔로로 가볍게 연주하는 장면이 멍크의 라이브 앨범에 기록되어 있는데 이 연주가 정말로 훌륭하다. 〈Honeysuckle Rose〉는 그러한 멍크가 사랑한 '소곡' 중 하나다. 앨범 《The Unique Thelonious Monk》에 수록된 이 곡에서는 그의 기본 스킬인 스트라이드 피아노(오른손으로 즉흥곡을 연주하면서 왼손으로는 건반을 넓게 오가며 베이스와 화음을 번갈아 연주하는 기법 – 옮긴이)의 장단을 바탕으로, 기묘하게 일그러진 멍크 특유의 화성 센스를 만끽할 수 있다.

231

존 콜트레인 〈Say It〉

수록 앨범
《Ballads》
1961~1962년

등장 작품
『댄스 댄스 댄스』

　밤, 술집, 이야기 도입부에 흐르는 내레이션……. 이런 장면에 주로 쓰이는 텔레비전 드라마의 배경음악 같은 장치로는 아마 세계 1,2위를 다툴 만큼 흔히 사용되는 존 콜트레인의 앨범 《Ballads》. 그중에서도 첫 번째 곡인 〈Say It〉은 들어보면 '아, 이거!' 하고 누구나 고개를 끄덕일 콜트레인 발라드의 정수다. 『댄스 댄스 댄스』의 라디오에서 대량으로 흘러나오는, 또는 회상 속 '먼지'와도 같은 곡들 중에서도 이 앨범의 사운드는 아마도 예외적인 위치를 차지하고 있지 않을까 한다. 1960년대라는 격렬하고 시리어스한 시기를 대표하는 뮤지션인 콜트레인의 '발라드'는 버블검 팝(1960년대 말에서 1970년대 초에 유행한 십대 청소년 취향의 밝은 팝-옮긴이)과 1980년대 사이에 끼어 꽤나 불편한 얼굴을 한 채로 '나'의 자동차 안에 울려 퍼졌을 것이다.

JATP 〈I Can't Get Started with You〉

수록 앨범
《Lester Young at JATP》
1965년

등장 작품
「타일랜드」(『신의 아이들은 모두 춤춘다』)

JATP란 '재즈 앳 더 필하모닉'의 약자로 음악 연출자 노먼 그란츠가 제2차 세계대전 전후로 기획한 '춤 없이 뮤지션들의 솔로를 즐기며 듣는 것'을 중심으로 한 콘서트 시리즈의 명칭이다. 출연자는 스윙 시대의 유명인들이 다수였고, 전성기는 지났지만 아직 은퇴하기엔 이른 베테랑들을 모아 연이은 흥행을 기록했다. 일본에도 찾아와 일본 극장에서 이루어진 공연 녹음도 남아 있다. 일본에서 이들 JATP에 참가한 그란츠 취향의 뮤지션들은 '중간파'라 불리는 일련의 뮤지션들과 상당히 겹친다. 최전방에 서 있는 것은 아니지만 각자의 특징이 살아있는 뮤지션은 하루키의 취향과도 맞다. 소설에 흐르는 〈I Can't Get Started with You〉에 담긴 하워드 맥기와 레스터 영의 연주는 메마른 듯한 느낌이 아주 일품이다.

소니 롤린스 〈Sonnymoon for Two〉

수록 앨범
《A Night at the "Village Vanguard"》
1957년

등장 작품
「애프터 다크」

소니 롤린스가 연주한 단조의 블루스 곡. 테마의 멜로디는 심플하고, 거의 같은 프레이즈를 반복할 뿐이기 때문에 초심자가 연습하기에는 그야말로 딱인 곡이다. 재즈 세션에서는 처음 연주하는 사람들끼리 모이는 경우가 많기 때문에 12소절로 한 곡이 끝나는 간단한 구조의 블루스를 먼저 연주하곤 한다.

하지만 오히려 심플하기 때문에 여러 가지를 시도할 수 있기도 해서, 예를 들면 롤린스의 라이브 앨범 《A Night at the "Village Vanguard"》에서 엘빈 존스의 드럼이 점점 열기를 띠며 격렬해지다가 롤린스와 주고받는 4절에서 폭발하는 장면 등은 그야말로 재즈의 묘미를 느낄 수 있는 부분이다.

「애프터 다크」에 등장하는 세션은 과연 어떤 연주였을까.

셀로니어스 멍크 〈'Round Midnight〉

수록 앨범
《Genius of Modern Music: Volume 1》
1951년

등장 작품
『색채가 없는 다자키 쓰쿠루와 그가 순례를 떠난 해』

셀로니어스 멍크가 작곡한 발라드 명곡이다. 마일스 데이비스 퀸텟의 결정적인 명연주를 담은 동명의 앨범으로 일약 인기곡이 되었다. 명암이 이리저리 교차하는 기계적이면서도 유머러스한 곡조를 특징으로 삼는 멍크의 곡 가운데 이 곡은 예외적으로 처음부터 끝까지 확실하게 무겁고 어두운 느낌으로 진행된다. 하루키 작품 중에서는 『색채가 없는 다자키 쓰쿠루와 그가 순례를 떠난 해』의 5장, 하이다의 아버지가 온천 여관에서 만난 '미도리카와'가 중학교 음악실의 조율이 어긋난 낡은 업라이트 피아노로 연주한다. 이 곡은 단 한 명뿐인 관객을 위한, 아니, 아마도 자신과 자신의 그림자에게만 들려주는 연주에 어울린다. 솔로로 연주되는 이 악곡은 멍크 자신의 연주로 《Thelonious Himself》나 《Piano Solo》 등의 앨범에도 수록되어 있으니 들어보기를 바란다.

『1Q84』 이후의 무라카미 하루키와 음악

비치 보이스에서 클래식으로

오와다 저는 참여하지 못했습니다만, 전에 이 책을 집필한 멤버 중 일부가 좌담회를 가졌을 때는 작가가 어떤 식으로 음악을 다루어왔는지 이야기를 나누었지요? 한 예로써 소설가 나카가미 겐지는 음악을 완전 대충 사용하는데, 초기 무라카미 하루키의 음악 묘사는 정말 정확하다는 식으로.

구리하라 그때는 『1Q84』가 최근작이었습니다. 그 후 장편은 『색채가 없는 다자키 쓰쿠루와 그가 순례를 떠난 해』와 『기사단장 죽이기』, 단편집은 『여자 없는 남자들』이 출간되었는데, 음악을 다루는 방식에서는 별다른 변경점이 보이지 않는 것 같더군요. 그런데 『기사단장 죽이기』에는 주제곡인 클래식 외에 브루스 스프링스틴이나 비틀스, 비치 보이스, 밥 딜런, 도어스 같은 친숙한 이름도 나오긴 해요…….

스즈키 하지만 이제는 그 취급이 '자동차' 이하 수준이 되었어요.

오와다 초기에 비하면 많이 줄었지요. 음악이 등장하는 회수가.

구리하라 최근에는 오로지 클래식이에요. 테마적으로 짠하고 나타나죠.

스즈키 클래식을 커다란 테마로 끼었어 놓고, 세세한 부분까지는 채우지 않는 경향이 두드러져요. 전만큼 복층화시키지 않고 나오는 느낌이랄까. 『오자와 세이지 씨와 음악을 이야기하다』에 발맞춰 발매된 CD 《오자와 세이지 씨와 음악에 대해서 이야기하다에서 들었던 클래식》의 해설문에 "내가 오자와 씨와의 대담에서 배운 가장 큰 사실은 '음악은 음악 그 자체로서 즐겨야 한다'는 것이었다"라고 적혀 있고, 이러한 생각의 변화 또한 최근의 작품에 반영한 것이 아닐까 합니다.

구리하라 아마도 음악이 작품 내용에 깊숙이 관여한 것은 『해변의 카프카』가 마지막이었을 거예요.

스즈키 『해변의 카프카』에서는 너무 많이 사용해서 좀 싫어질 정도였어요.

후지이 오리지널 송까지 만들고.

오와다 반대로 말하면, 초기에 온통 음악과 관련된 고유 명사로 점철된 건 하나의 스타일로서 그런 거죠. 『댄스 댄스 댄스』 정도까지는.

구리하라 무라카미 하루키적 아이덴티티라 할까, 작품 주제의 배경으로 비치 보이스나 도어스, 딜런이나 비틀스가 있지 않습니까. 1970년대를 살아남기 위해서 1960년대적 가치관을 표상하는 것으로. 그 1960년대적 가치관은 『댄스 댄스 댄스』에서 마무리를 짓고, 클래식으로 이동하는데, 클래식을 주제곡으로 삼는 방법도 『해변의 카프카』 언저리에서 다 소모해버렸다는 인상이 있어요.

스즈키 뭐, 거리감을 어떻게 잡느냐에 달렸다고 봐요. 테마로서는 연결되어 있기는 한데, 음악을 쓰지 않아도 상관없는 이야기잖습니까, 『기사단장 죽이기』 같은 경우는. 타이틀로 사용했는데 《돈 조반니》는 거의 나오지도 않고. 곡을 듣는 장면도 없고.

후지이 작품에는 그다지 반영되지 않았지만, 무라카미 하루키 본인은 최근의 팝이나 록을 안 듣는 건 아닌 것 같아요.

구리하라 윌코처럼 꾸준히 찾아 듣는 밴드도 몇 개인가 있고.

후지이 미국 얼터너티브 계열의 록은 꽤 듣는 것 같더군요.

시대의 희망으로서의 팝

구리하라 하지만 무라카미 하루키의 기본은 역시 재즈와 클래식이고, 팝이나 록에 대한 흥미는 1970년대에 끝났다는 느낌이에요. 최근에 『Casa BRUTUS』라는 잡지에서 「소리가 좋은 집」이라는 특집 무크지를 출간했는데, 무라카미 하루키 집의 LP 컬렉션과 오디오 사진을 실었더군요. 그리고 그 외전격인 이야기가 웹에 공개되었습니다. 하루키가 중고 LP 발굴 이야기를 하는데 이게 상당히 전문적이고 굉장하더군요. 세계 어디를 가든 중고 음반 가게를 돌아다니는 하루키니까요. 이건 트위터에서 봤는데, 교토의 릿세이 초등학교에서 LP 페어가 개최되었대요. 그랬더니 아침 일찍 하루키가 나타나서 괜찮은 물건들을 싹 쓸어서는 바람처럼 사라졌다더군요(웃음). 디스크 유니온(중고 음반 전문 매장-옮긴이)에도 목격 정보가 올라왔고요.

오와다 컬렉터 성향이 강한 사람이니까요. 해외여행을 가서도 오로지 음반 가게만 가는 모양이에요. 관광 명소에는 가지 않고.

오타니 그건 LP 마니아로서는 당연한 모습이겠죠. LP를 찍어낸 국가에 따라서 소리가 다르거나, 여러 가지가 있으니까요. 같은 비틀스의 LP라도 인도에서 발매된 건 시타르 소리가 다르다든가(웃음).

오와다 모으는 건 재즈와 클래식뿐인 것 같아요.

오타니 소설에 구체적으로 등장시킬 걸 생각하면, 클래식 쪽이 다루기 힘들다는 느낌이 들어요. 작곡자와 곡명뿐만 아니라, 지휘자가 누구인지, 어떤 오케스트라인지도 밝혀야 하니까. 그래서는 길어지죠.

스즈키 길면 멋이 없죠(웃음).

오타니 그러니까 "슈베르트의 ○○이라는 곡"이라는 식으로 사용하고, 테마송이라든가, 전체 이미지송 같은 형태로 쓰더군요. 최근에는.

구리하라 지휘자나 연주자에 의한 비교는 자주 하잖아요. 맨 처음 『바람의 노래를 들어라』에서도, 베토벤 피아노 협주곡 제3번은 번스타인 지휘, 글렌 굴드가 피아노 연주라든가, 카를 뵘 지휘, 빌헬름 바크하우스의 피아노 연주 중 어느 쪽이 좋으냐는 대화가 있었죠.

스즈키 마니아적인 영역에도 발을 들여 놓고서는 그 소설의 방향성을 나타내는 데 사용하고 있어요.

오타니 『바람의 노래를 들어라』는 음악을 상당히 정중하게 선택해서 사용했어요. 클래식도 재즈도 팝도 세련되었죠. 『노르웨이의 숲』까지는 상당히 잘 사용했다고 생각해요. 음악 사용법에 관해서는(웃음). 그 이후에는 음악이 중요한 요소가 아니게 되었죠. 팝을 쓸 때도 제대로 그 시대의 희망이나 소비물 같은 걸 의식해서 사용했습니다. 클래식은 '시대성에서 분리된 소비물이 아닌 것' 같은 취급이었고. 그런 의미로 소설에 사용하지 않던가요?

아이템으로서의 음악

오와다 본문에도 밝혔지만, 19××년의 히트곡이라고 적힌 곡을 조사하면, 사실은 아주 약간 인기를 끌었을 정도예요. 같은 해에 더 유명한 곡이 훨씬 많은데 연간 20위 정도의 곡을 굳이 가져다 쓰죠. '정통적'인 역사가 아니라, 각자에게 대입 가능한 기호라 할까, 누구나가 그곳에 자신의 추억의 곡을 대입할 수 있도록 정중하게 선곡을 해요.

후지이 최근 작품에서는 그러한 정중함을 엿볼 수 없어요. 『기사단장 죽이기』에서는 도어스의 〈Alabama Song〉이 나오는데,

'가사와 소설의 내용이 어울리니 사용하도록 할까' 같은 별 고민 없이 사용했다는 느낌이에요.

구리하라 1980년대의 팝 같은 건 전부터 그렇게 대충 사용하지 않았던가요(웃음).

스즈키 하루키가 그렇게 사용해도 깊이 파고드는 독자가 늘었기 때문에, 반대로 그런 점을 이용하는 걸지도 몰라요. 최근에는 다들 무엇이든 해석하고자 하니까요. 본문에 언급했던 '시바스 리갈 문제'처럼.

구리하라 하루키는 시바스 리갈을 좋아하는 모양이에요(웃음). 그 인식이 시바스 리갈이 고급 양주였던 시점에 머물러 있는 걸까요. 예를 들어 셰릴 크로는 소설로는 『기사단장 죽이기』가 첫 등장이지만, 에세이에서는 몇 번이나 언급되었죠. 나름대로 애정이 있는 사람일 텐데도 사용법이 대충이랄까, 그다지 필연성이 느껴지지 않아요. 1980년대 이후의 음악은 기본적으로 이름만 등장할 뿐인 아이템이 되었다는 느낌이에요.

오타니 그렇다면 나카가미 겐지 같은 문학자 수준으로 전락하기 때문에, 반성이 필요할 것 같군요. 초기의 그가 부정적으로 생각했던 '문학'과 가까워져 가니까.

구리하라 험하게 다루는 뮤지션에는 일관성이 있어요. 듀란듀란 같은 경우에는 상당히 심하죠. 그리고 아바라든가.

오와다 홀리오 이글레시아스도요(웃음). 하루키는 자신이 험하게 다루고 있다는 걸 알고 있으니 그나마 나아요. 반면 나카가와 겐지는 진심이라고요. 진심으로 잘못 알고 있어요(웃음).

구리하라 그런 점에서 말하자면 『해변의 카프카』에서 주인공 카프카 소년이 듣는 음악이 라디오헤드와 프린스라는 게 그때까지의 하루키와는 좀 다르지 않나 하고 생각했던 적이 있어요. 라디오헤드는 알 것 같아요. 2000년 전후의 톰 요크를 열다섯 살 소년이 듣는다는 점이 상당히 인상적으로 다가와요. 하지만 프린스는 '정말 이걸 들어?' 같은 느낌이에요.

후지이 중학생이 도서관에서 닥치는 대로 빌리다 보면 프린스도 만날 수 있지 않나 싶어요. 소설에서의 필연성은 느껴지지 않지만요.

오타니 그 음악이 놓여 있던 책장이 'P, Q, R' 근처가 아니었을까요? 도서관이라는 곳은 그런 식으로 진열해 놓잖아요.

스즈키 더 이상 역사성은 느껴지지 않아요. 모든 게 평면이 되었죠. 도서관적인 세계.

오타니 TSUTAYA적이기도 하고요.

구리하라 하루키도 이젠 일흔이니까요. 딜런이나 도어스를 듣는 것처럼 윌코나 셰릴 크로를 들을 수 있냐 하면 그리 쉽지는 않을 거예요.

오와다 그러게요. 제가 일흔 살이 되었을 때, 지금의 윌코 같은 밴드를 제대로 들을 수 있을까 하는 이야기네요(웃음). 그렇게 생각하면 하루키는 대단해요.

구리하라 밥 딜런이 노벨 문학상을 받았을 때 왜 아무도 하루키에게 코멘트를 따러 가지 않았을까요? 가긴 했는데 거절당한 걸까요?

오와다 하루키에게 그걸 묻긴 힘들잖아요. 노벨상인데(웃음).

오타니 물으러 갔어야 했어요. 하다못해 해외 미디어라면 한번 시도해볼 만한데.

구리하라 해외 미디어라면 인터뷰에 응해줄지도 몰라요.

LP 컬렉터 하루키

구리하라 『1Q84』가 출간되었을 때는 "이게 뭐야"라는 평가가 많았잖아요? 하지만 『다자키 쓰쿠루~』가 나왔더니 "『1Q84』는 괜찮았지"라는 평가가 나오고, 『기사단장 죽이기』가 나오니 "『1Q84』는 정말 훌륭한 작품이야"라는 식으로 논조가 변하더군요(웃음). 하루키의 장편은 구조가 한결같으니까요. 완성도 차이가 오히려 눈에 잘 띄는 걸지도 몰라요. 작가 가와카미 미에코와의 대담 『수리부엉이는 황혼에 날아오른다』를 보면 하루키 본인도 같은 걸 반복하고 있다는 자각은 있는 것 같아요.

오와다 같은 걸 반복한다는 건 음악 애호가, 팝 애호가 입장에서는 괜찮아요. 그 사실이 반드시 나쁘다고는 할 수 없어요.

스즈키 『다자키 쓰쿠루~』는 처음에 '대체 이건 뭐야' 하고 생각했어요. 하지만 리스트의 음악이 있기 때문에 두 개의 세계가 평행해서 인접했다가 떨어졌다가 하는 구조가 성립했죠.

오타니 리스트의 백업이 있기 때문에 소설이 성립했죠. 더블 이미지로서 읽을 수 있어요.

후지이　하루키는 『의미가 없다면 스윙은 없다』의 브루스 스프링스틴 부분에서, 스프링스틴의 뿌리인 노동자 계급의 갑갑한 인생에 대해서 "색채가 부족하다"는 표현을 썼거든요. 『다자키 쓰쿠루~』는 하루키 나름대로 노동자 계급의 폐색(閉塞)감을 그려내려는 소설인가 하는 생각도 들었어요.

오타니　근대문학으로 돌아가버린 걸지도 몰라요. 팝과의 관계가 단절되면 그렇게 되지 않을까요.

구리하라　팝과 록이 시대의식을 담당하고 있었죠. 1960년대적 가치관은 1980년대에 궤멸되었다면서 『댄스 댄스 댄스』를 써서 초기 4부작에서 다루었던 문제를 일단락 지었죠. 이후 클래식이 전면에 등장하는데, 음악과 시대와의 연결은 거기서 단절됩니다. 작품과 시대와의 연결성도 희박해지죠.

오와다　하루키의 클래식 사용법은 이른바 클래식 음악 분야의 유행이랄까, 시대를 뒤쫓고 있다는 말씀인가요?

스즈키　전혀 뒤쫓고 있지 않아요. 시대성과는 완전 상관없이 사용하고 있어요.

오타니　재즈 카페의 주인장은 공공연하게는 클래식을 듣지 않아요. 그러니까 하루키가 클래식을 제대로 듣게 된 건 아마도 1990년대 이후가 아닐까요. 물론 굴드라든가 그런 건 음악 팬으로서 들었겠지만요. 취미 속에서든 작품 속에서든 클래식 비중이 늘어난 것도 그런 식 아닐까요.

스즈키　『태엽 감는 새』 때부터 아닐까요.

오타니　『국경의 남쪽, 태양의 서쪽』에서는 아직 클래식의 영향이 적어요.

구리하라 『태엽 감는 새』부터겠죠. 1980년대 이후의 팝과 단절한 뒤에 클래식 비중이 단숨에 커졌습니다.

오와다 재즈의 흐름이 프리 쪽으로 갔을 때도 하루키는 스탠 게츠라든가 퍼시 페이스를 들었다는 에피소드가 있고, 그런 걸 통해서 그 나름대로의 비판정신을 읽을 수 있는데, 클래식에는 그런 게 있나요?

스즈키 클래식은 LP가 발매된 이후의 모든 것들을 다루고 있는 것 같아요. 반면 디지털 음원 쪽은 거의 나오지 않는 것 같고.

오타니 제 생각인데 중고 음반 가게에서 사고 싶은 게 더 이상 없기 때문에 새로운 장르로서 클래식 LP를 모으기 시작한 게 아닐까요(웃음). LP 애호가로서 분야를 넓혀가는 건 흔한 일이니까.

나이와 음악

구리하라 하루키는 데뷔 당시에는 문화적으로 최첨단을 달리는 사람이라는 이미지였잖아요. 하지만 사실은 보수적이고 회고적인 취미를 가진 사람이라는 걸 차츰 알게 되었죠. 『기사단장 죽이기』에서도 여전히 스프링스틴의《The River》를 듣고 있고. 그것까지는 괜찮은데 이 앨범은 LP로 들어야 한다, "CD로 반복적으로 들을 앨범은 아니야"라며 주인공인 '나'의 입을 통해 말하죠. 『기사단장 죽이기』는 시대 설정이 2000년대 중반이고, '나'

는 서른여섯 살이니까 1970년 출생.《The River》는 1980년 앨범이니까 '나'는 당시 열 살이라고요.

후지이 연령적으로《The River》를 그립다고 생각할 정도면 상당히 조숙했던 아이인 거죠.

구리하라 『다자키 쓰쿠루~』 정도부터 주인공의 나이를 자신의 세대와 다르게 설정하기 시작했죠. 하지만 기본적으로 작가의 분신이라는 사실에는 변함이 없고, 취미도 같습니다. 그 결과 시공이 비틀리기 시작했죠.

오와다 담당 편집자가 지적할 것 같아요. 주인공이 듣는 음악이 이상하다고.

오타니 그런 실수라면 역시 냇 킹 콜의 〈South of the Border〉. 실제로 부른 적이 없는데 말이죠.

오와다 그리고 『노르웨이의 숲』에서 레이코 씨가 바카락의 곡을 몇 곡인가 연주하는 장면. 마지막에 〈Wedding Bell Blues〉를 연주하는데, 그 곡은 바카락이 아니라 로라 니로의 곡이에요. 엄청난 착각이죠. 이런 걸 편집부에서 놓칠 리가 없는데.

구리하라 『국경의 남쪽, 태양의 서쪽』도 『노르웨이의 숲』도 다 출판사가 고단샤예요. 고단샤라면 놓칠 수도 있다고 봐요(웃음).

오와다 지적은 있었지만, "이건 그냥 이대로"라는 식으로 이야기가 정리되었을 수도 있죠.

오타니 냇 킹 콜은 편집 쪽에서도 몰랐을 거예요. 어쩌면 음원만 없을 뿐, 텔레비전이나 라디오에서 라이브로 흘러나왔던 적이 있을지도 모르고요. 그리고 『해변의 카프카』 이후에는 설교나 강의하는 인물이 나오게 되지 않았나요?

스즈키 오시마 씨의 차에서 슈베르트라든가.

구리하라 『1Q84』에 나오는 덴고의 섹스프렌드 부인이 재즈에 꽤 능통하지 않았던가요? 겉은 여자지만 속은 무슨 재즈 카페의 주인장 같은 강의를 침대 위에서 늘어놓다니(웃음).

오타니 에로티시즘과 재즈 강의라니.

구리하라 음악을 말할 때 적당한 등장인물을 등장시켜서 자신의 음악관을 대변하게 되었어요. 『해변의 카프카』에서 엑스트라인 카페 주인에게 베토벤 피아노 삼중주 〈대공〉을 말하게 하거나.

오타니 나이가 든 거예요. 설교하고 싶어진다는 건.

구리하라 예를 들어 『댄스 댄스 댄스』에서 고탄다가 말하는 비치 보이스도 하루키의 비치 보이스였지만, 고탄다는 하루키의 분신 인 '나'의 또 다른 자아였으니 괜찮아요. 하지만 유부녀라든가 카 페 주인 등은 작가 본인과는 아무런 관계도 없어요. 『기사단장 죽이기』와 같은 뒤틀림을 여기서도 엿볼 수 있죠.

테마곡 선정과 언어의 울림

구리하라 최근 작품에서 음악 사용이 가장 좋았던 건 역시 『1Q84』 일까요. 〈신포니에타〉에는 한참 꽂혔습니다.

오타니 음악을 테마로 삼아 냄새를 풍기고 세계관을 정리한다. 이런 식으로 다루고 있어요.

구리하라 그런 방식은 『태엽 감는 새』부터예요. 「도둑까치」, 「예언하는 새」, 「새잡이꾼」 이런 식으로.

스즈키 제목에 그런 이름을 붙여서 냄새를 풍기는 거예요. 『기사단장 죽이기』도 그런 식이에요.

구리하라 클래식은 애당초 본인이 자주 듣던 걸 가져다 쓴 걸까요. 《돈 조반니》라든가.

스즈키 《돈 조반니》는 테마로서만 사용하고 싶었던 게 아닐까해요.

구리하라 등장인물의 입을 빌려 설교하는 음악은 옛날부터 애청한 걸 거예요. 슈베르트나 〈대공〉이나. 하지만 그런 곡은 또 주제로는 사용하지 않아요.

오와다 테마로 삼는 건 그 단어의 울림을 중시한 것 같아요. 『기사단장 죽이기』라니, 역시 언어의 울림이 재미있지 않나요? 「도둑까치」도. 이름의 울림이나, 인쇄했을 때의 활자 느낌 같은 것도 중시하는 듯해요.

오타니 「이데아」나 「메타포」 같은 단어도 플라톤에게서 가져온게 아니라, 언어의 울림 때문에 가져온 것 같고요. 뭐, 융일지도 모르겠지만.

구리하라 가와카미 미에코와의 대담에서, 미에코가 이데아라면 플라톤일 거라고 생각해서 준비해갔더니, 하루키는 "그래요?"라며 "몰랐어요."라고 했다든가. 거짓말쟁이(웃음).

오와다 하루키의 예루살렘 상 수상 소감문 '벽과 알'도 언어의 울림이 하루키스러워요.

오타니 이런 식으로 데뷔작부터 최신작을 한번에 싹 읽은 뒤 종합해서 생각해보니, 역시 『바람의 노래를 들어라』가 음악을 가장 잘 사용했다는 걸 알 수 있네요.

구리하라 『바람의 노래를 들어라』는 지금 생각해보면 하루키 작품 중에서도 이질적이에요. 음악 사용법뿐만 아니라 소설 구조도 이질적이죠. 하지만 이렇게 길게 이야기한 끝에 내린 결론이 그거인가요(웃음).

▶ 무라카미 하루키 연표

1949년	1월 12일, 교토 부 교토 시 후시미 구 출생
1968년(19세)	와세다 대학교 제1문학부 입학	와케이 기숙사 입소(노르웨이의 숲에 등장하는 기숙사의 모델)
1971년(22세)	10월, 다카하시 요코와 결혼
1974년(25세)	고쿠분지에 재즈 카페 '피터 캣' 개업
1975년(26세)	와세다 대학교 제1문학부 연극과 졸업
1977년(28세)	'피터 캣' 센다가야로 이전
1978년(29세)	프로야구 관람 도중 소설을 쓰기로 결심
1979년(30세)	첫 장편소설 『바람의 노래를 들어라』 출간	『바람의 노래를 들어라』 제22회 군조 신인 문학상 수상	제81회 아쿠타가와상과 제1회 노마 문예 신인상 후보
1980년(31세)	『1973년의 핀볼』 제83회 아쿠타가와 상, 제2회 노마 문예 신인상 후보
1981년(32세)	'피터 캣'을 지인에게 양도하고 전업작가의 길로	첫 번역서 『My Lost City』(스콧 피츠제럴드 저) 출간
1982년(33세)	『양을 둘러싼 모험』 제4회 노마 문예 신인상 수상
1983년(34세)	첫 단편집 『중국행 슬로보트』 출간
1985년(36세)	『세계의 끝과 하드보일드 원더랜드』 제21회 다니자키 준이치로 상 수상
1986년(37세)	10월, 유럽으로 이주
1987년(38세)	『노르웨이의 숲』 출간
1990년(41세)	1월, 유럽에서 귀국	『TV피플』 제17회 가와바타 야스나리 문학상 후보
1991년(42세)	1월, 미국 프린스턴 대학교에 객원 연구원으로 초빙
1992년(43세)	객원 강사로서 대학원에서 1년간 주 1회의 세미나를 담당
1993년(44세)	터프츠 대학교로 이적
1995년(46세)	5월, 4년간의 미국 생활을 끝내고 귀국

1996년(47세)	6월, '무라카미 아사히도 홈페이지'를 개설	『태엽 감는 새』 제47회 요미우리 문학상 수상
1999년(50세)	『언더그라운드2—약속된 장소에서』 제2회 구와바라 다케오 문예상 수상	『태엽 감는 새』 국제 IMPAC 더블린 문학상 후보
2002년(53세)	처음으로 소년이 주인공인 장편 소설 『해변의 카프카』 출간
2003년(54세)	J.D. 샐린저의 『호밀밭의 파수꾼』을 번역
2006년(57세)	프란츠 카프카 상, 프랭크 오코너 국제 단편상, 세계환상문학대상 수상	「하나레이 해변」 제32회 가와바타 야스나리 문학상 후보
2007년(58세)	벨기에 리에주 주립 대학교 명예박사 학위 수여	2006년 아사히 상, 제1회 와세다 문학 쓰보우치 쇼요 대상 수상
2008년(59세)	프린스턴 대학교 명예박사 학위 수여	캘리포니아 대학교 버클리 캠퍼스 제1회 버클리 일본상 수상
2009년(60세)	『1Q84』 제63회 마이니치 출판 문화상 수상, 예루살렘 상 수상, 스페인 예술 문학 훈장 수훈
2010년(61세)	『1Q84』 2010년 서점 대상 후보(10위)
2011년(62세)	카탈로니아 국제상 수상
2012년(63세)	국제교류기금상 수상, 『오자와 세이지 씨와 음악을 이야기하다』 제11회 고바야시 히데오 상 수상
2013년(64세)	『1Q84』 국제 IMPAC 더블린 문학상 후보
2014년(65세)	독일 디 벨트지 선정 벨트 문학상 수상
2015년(66세)	1월, 기한한정 사이트 '무라카미 씨가 있는 곳'을 개설	7월. 일본 내 첫 전자책 『무라카미 씨가 있는 곳 컴플리트 판』 출간
2016년(67세)	안데르센 문학상 수상
2018년(69세)	모교인 와세다 대학교에 자필 원고와 장서, 음반을 기증한다고 발표

무라카미 하루키 소설 전곡 리스트

아티스트	곡명
바람의 노래를 들어라	
	Mickey Mouse March
브룩 벤턴	Rainy Night in Georgia
크리던스 클리어워터 리바이벌	Who'll Stop The Rain
비치 보이스	California Girls
레너드 번스타인 지휘, 글렌 굴드 피아노	베토벤 피아노 협주곡 제3번
카를 뵘 지휘, 빌헬름 바크하우스 피아노	베토벤 피아노 협주곡 제3번
마일스 데이비스	A Gal in Calico
하퍼스 비자르	
밥 딜런	
엘비스 프레슬리	Return to Sender
슬라이 앤 더 패밀리 스톤	Everyday People
크로스비 스틸스 내시 & 영	Woodstock
노먼 그린바움	Spirit in the Sky
에디 홀맨	Hey There Lonely Girl
피터 폴 & 메리	Don't Think Twice, It's All Right
아눈치오 파올로 만토바니	이탈리아 민요
엘비스 프레슬리	Good Luck Charm
1973년의 핀볼	
	비발디 12협주곡 조화의 환상
	하이든 피아노 소나타 사단조
리키 넬슨	Hello Mary Lou
보비 비	Rubber Ball
비틀스	Penny Rain
밀드레드 베일리	It's so Peaceful in the Country
스탠 게츠	Jumping with Symphony Sid
찰리 파커	Just Friends
	헨델 리코더 소나타
비틀스	
	Old Black Joe(오르골)
리처드 해리스	MacArthur Park
양을 쫓는 모험	
	모차르트 협주곡
	바흐 무반주 첼로 모음곡
보즈 스캑스	Hollywood(추정, '보즈 스캑스의 새 히트 송이 흐르고 있었다')
	쇼팽 발라드
조니 리버스	Midnight Special

수록앨범	발표 연도
Today	1970
Cosmos Factory	1970
Summer Days	1965
베토벤: 피아노 협주곡 제3번(Beethoven: Piano concerto No.3)	1959
바크하우스 베토벤 에디션: 10 - 피아노 협주곡 제2번, 제3번 (BACKHAUS Beethoven Edition: Volume 10 - Piano Concertos 2 and 3)	1950
The Musings of Miles	1955
Harpers Bizarre 4(추정)	1969
Nashville Skyline	1969
〈Girls! Girls! Girls!〉 OST	1962
Stand!	1969
Déjà Vu	1970
Spirit in the Sky	1969
I Love You	1969
In the Wind	1963
Something for Everybody(일본판 특별수록)	1962
Rick is 21	1961
Bobby Vee's Golden Greats	1960
Magical Mystery Tour	1967
The Rockin' Chair Lady	1941
Jazz at Storyville Vol.2	1951
Charlie Parker with Strings	1949
Rubber Soul	1965
A Tramp Shining	1968
Down Two Then Left(추정)	1978
Here We à Go Go Again!	1964

조니 리버스	Roll Over Beethoven
조니 리버스	Secret Agent Man
조니 리버스	Johnny B. Goode
브라더스 존슨	
메이너드 퍼거슨	Star Wars Theme
	〈황야의 7인〉 인트로
	언덕 위의 집
	베토벤 소나타
냇 킹 콜	South of the border
퍼시 페이스 오케스트라	Perfidia
빙 크로스비	White Christmas
베니 굿맨	Airmail Special
중국행 슬로보트	
	On a Slow Boat to China
비지스	New York Mining Disaster 1941
	작별(Auld Lang Syne)
	언덕 위의 집
	Colonel Bogey March
도어스	Light My Fire
폴 매카트니	The Long and Winding Road
스리 도그 나이트	Mama Told Me
빙 크로스비	White Christmas
글렌 굴드	바흐 인벤션(Invention)
	루제로 레온카발로 팔리아치 서곡
	바흐 예수 인간 소망의 기쁨
글렌 굴드	브람스 간주곡(Intermezzo)
캥거루 날씨	
스탠 게츠 & 주앙 지우베르투	The Girl from Ipanema
닐 세다카	Breaking Up Is Hard to Do
비틀스	All You Need Is Love
클리프 리처드 앤 더 섀도스	Summer Holiday
비틀스	Day Tripper
두비 브라더스	South Bay Strut
개똥벌레, 헛간을 태우다, 그 외 단편	
	기미가요
헨리 맨시니	Dear Heart
	차이코프스키 현을 위한 세레나데
마일스 데이비스	Airegin
	요한 슈트라우스 왈츠
윌리 넬슨	Pretty Paper(추정. '크리스마스 송'이라고 쓰여 있음)

Here We à Go Go Again!	1964
And I Know You Wanna Dance	1966
Here We à Go Go Again!	1964
Blam!(추정)	1978
New Vintage	1977
	1960
(냇 킹 콜은 이 곡을 녹음하지 않았음)	
Mucho Gusto!	1961
Song Hits from Holiday Inn	1942
Benny Goodman Sextet(1945)	1941
	1948
Bee Gees' 1st	1967
	1914
The Doors	1967
Let It Be	1970
It Ain't Easy	1970
Song Hits from Holiday Inn	1942
바흐: 인벤션과 신포니아(Bach: Invertions & Sinfonias)	1964
브람스 간주곡집(Brahms: 10 Intermezzi)	1960
Getz/Gilberto	1964
Breaking Up Is Hard to Do	1962
Magical Mystery Tour	1967
Summer Holiday	1963
Yesterday and Today	1965
One Step Closer	1980
Dear Heart	1964
Cookin' with the Miles Davis Quintet, Bags' Groove	1957
Pretty Paper(1979)	1963

	라벨 다프니스와 클로에
프랭크 시나트라	Night and Day
	헨델 물 위의 음악
마우리치오 폴리니	슈만의 곡
세계의 끝과 하드보일드 원더랜드	
스키터 데이비스	The End of the World
	Danny Boy
	Annie Laurie
로베르 카자드쥐	모차르트 피아노 협주곡 제23번, 제24번
조니 마티스	Teach Me Tonight
	페치카
빙 크로스비	White Christmas
스테픈울프	Born to be Wild
마빈 게이	
MJQ(모던 재즈 콰르텟)	Vendôme
피터 & 고든	I Go to Venus
벤처스	
	브루크너 교향곡
	라벨 볼레로
조니 마티스	
주빈 메타 지휘	쇤베르크 정화된 밤
케니 버렐	Stormy Monday
듀크 엘링턴	
트레버 피노크 지휘	바흐 브란덴부르크 협주곡
밥 딜런	Like a Rolling Stone
밥 딜런	Watching the River Flow
밥 딜런	Positively 4th Street
밥 딜런	Memphis Blues Again
칼 리히터 지휘	바흐 브란덴부르크 협주곡
파블로 카잘스 지휘	바흐 브란덴부르크 협주곡
마일스 데이비스	Bags' Groove
윈턴 켈리	The Surrey with the Fringe on Top
팻 분	I'll Be Home
레이 찰스	Georgia on My Mind
빙 크로스비	Danny Boy
로저 윌리엄스	Autumn Leaves
프랭크 책스필드 오케스트라	Autumn in New York

1942, 1947, 1957, 1961, 1977년 총 5회 녹음	1942(외)
	1962
	1913
	1838
(녹음되지 않았음)	
Song Hits from Holiday Inn	1942
Steppenwolf	1968
I Heard It Through the Grapevine	1969
Vendôme	1966
I Go to Venus	1965
The Ventures' Christmas Album(추정)	1965
베스트 셀렉션(존재 여부 불명)	
정화된 밤, 실내 교향곡, 변주곡, 다섯 개의 관현악 소품, 여섯 개의 관현악 가곡, 《기대》(Verklärte Nacht/Chamber Symphony/Variations/5 Pieces/6 Songs/Erwartung)	1967
Crash!, Stormy Monday	1963, 1974
The Popular Duke Ellington	1967
Highway 61 Revisited	1965
Side Tracks	1971
Bob Dylan's Greatest Hits	1967
Blonde on Blonde	1966
브란덴부르크 협주곡, 관현악 모음곡(Bach: Brandenburg Concertos; Orchestral Suites)	1967
관현악 모음곡(Orchestral Suites), 브란덴부르크 협주곡(Brandenburg Concertos)	1964, 1965
Bags' Groove	1957
Wynton Kelly!	1961
Pat Boone Top Fifty Greatest Hits	1956
The Genius Hits the Road	1960
Merry Christmas	1941
Roger Williams	1955
New York	1970

우디 허먼	Early Autumn
듀크 엘링턴	Do Nothing Till You Hear from Me
듀크 엘링턴	Sophisticated Lady
밥 딜런	Blowin' in the Wind
밥 딜런	A Hard Rain's a-Gonna Fall

회전목마의 데드 히트

	브루크너 교향곡
빌리 조엘	Allentown
빌리 조엘	Goodnight Saigon
빅 디킨슨 & 조 토머스 & 데어 올스타 재즈 그룹	
에롤 가니	
도리스 데이	It's Magic

빵가게 재습격

	바그너 탄호이저 서곡
	바그너 방황하는 네덜란드인 서곡
슬라이 앤 더 패밀리 스톤	Family Affair
브루스 스프링스틴	Born in the U.S.A.
비틀스	Ob-la-di, ob-la-da
	바흐 류트 모음곡
	쇼스타코비치 첼로 협주곡
클라우디오 아바도 지휘, 런던 심포니 오케스트라	로시니 《도둑까치》 서곡

노르웨이의 숲

비틀스	Norwegian Wood
	기미가요
헨리 맨시니	Dear Heart
	브람스 교향곡 제4번
비틀스	
빌 에반스	
브라더스 포	Seven Daffodils
브라더스 포	Lemon Tree
피터 폴 & 메리	Puff
	500 Miles
피트 시거	Where Have All the Flowers Gone
	Michael, Rowed The Boat Ashore
	말러 교향곡
	바흐 푸가
비틀스	Michelle
비틀스	Nowhere Man
비틀스	Julia

Stompin' at the Savoy	1949
The Music of Duke Ellington Played by Duke Ellington(1954)	1944
This One's for Blanton!	1933
The Freewheelin' Bob Dylan	1963
The Freewheelin' Bob Dylan	1963
The Nylon Curtain	1982
The Nylon Curtain	1982
Mainstream	1958
Concert by the Sea	1955
It's Magic	1948
There's a Riot Goin' On	1971
Born in the U.S.A.	1984
The Beatles	1968
	1975
Rubber Soul	1965
Dear Heart	1964
Sgt. Pepper's Lonely Hearts Club Band	1967
Waltz For Debby	1961
	1957
	1955
Rubber Soul	1965
Rubber Soul	1965
The Beatles	1968

	바흐 인벤션
크리던스 클리어워터 리바이벌	Proud Mary
블러드 스웨트 앤 티어스	Spinning Wheel
크림	White Room
사이먼 & 가펑클	Scarborough Fair/Canticle
비틀스	Here Comes the Sun
	브람스 피아노 협주곡 제2번
안토니오 카를로스 조빔	Desafinado
스탠 게츠 & 주앙 지우베르투	The Girl From Ipanema
롤링 스톤스	Jumpin' Jack Flash
도어스	Strange Days
셀로니어스 멍크	Honeysuckle Rose
마일스 데이비스	
드리프터스	Up on the Roof
로벨 카사드슈 피아노	모차르트 피아노 협주곡
비틀스	Yesterday
비틀스	Here Comes the Sun
비틀스	The Fool on the Hill
비틀스	Penny Rain
비틀스	Black Bird
비틀스	When I'm Sixty-Four
비틀스	Nowhere Man
비틀스	And I Love Her
	라벨 죽은 왕녀를 위한 파반느
	드뷔시 월광
카펜터스	Close to You(버트 바카락)
B.J.토머스	Raindrops Keep Fallin' On My Head(버트 바카락)
디온 워윅	Walk on By(버트 바카락)
피프스 디멘션	Weddingbell Blues(버트 바카락으로 적혀 있으나 사실은 로라 니로)
사카모토 규	위를 보고 걷자(上を向いて歩こう)
보비 빈턴	Blue Velvet
브라더스 포	Green Fields
비틀스	Eleanor Rigby
댄스 댄스 댄스	
델스	Dance Dance Dance
롤링 스톤스	Brown Sugar
레이 찰스	Born to Lose
	모차르트 《피가로의 결혼》
	모차르트 《마술피리》 서곡
자끄 루시에	

Bayou Country	1969
Blood, Sweat & Tears	1969
Wheels of Fire	1968
Parsley, Sage, Rosemary and Thyme	1966
Abbey Road	1969
The Composer of Desafinado, Plays	1963
Getz/Gilberto	1964
Through the Past, Darkly	1968
Strange Days	1967
The Unique	1956
Kind of Blue	1959
Up on the Roof	1962
Help!	1965
Abbey Road	1969
Magical Mystery Tour	1967
Magical Mystery Tour	1967
The Beatles	1968
Sgt. Pepper's Lonely Hearts Club Band	1967
Rubber Soul	1965
A Hard Day's Night	1964
Close to You	1970
〈내일을 향해 쏴라〉 OST	1970
Make Way for Dionne Warwick	1964
The Age of Aquarius	1969
上を向いて歩こう	1961
Blue Velvet	1963
Brothers Four	1960
Rivolver	1966
Oh, What a Nite	1957
Sticky Fingers	1971
Modern Sounds in Country and Western Music	1961
플레이 바흐(Play Bach)	1959

	그레고리오 성가
폴 모리아	Love Is Blue
퍼시 페이스 오케스트라	Theme from A Summer Place
엘비스 프레슬리	Rock-A-Hula Baby
마이클 잭슨	Billie Jean
헨리 맨시니	Moon River
레이 찰스	Hit The Road Jack
리키 넬슨	Traveling Man
브렌다 리	All alone am I
데이비드 보위	China Girl
롤링 스톤스	Going to a Go-Go
폴 매카트니 & 마이클 잭슨	Say Say Say
샘 쿡	Wonderful World
버디 홀리	Oh, Boy!
보비 다린	Beyond the Sea
엘비스 프레슬리	Hound Dog
척 베리	Sweet Little Sixteen
에디 코크런	Summertime Blues
에벌리 브라더스	Wake Up Little Susie
델 바이킹스	Come Go with Me
지미 길머 & 더 파이어 볼스	Sugar Shack
비치 보이스	Surfin' U.S.A.
비치 보이스	Help me, Rhonda
포 톱스	Reach Out I'll Be There
아이작 헤이스	Shaft Theme Song
밥 딜런	It's All Over Now, Baby Blue
밥 딜런	A Hard Rain's a-Gonna Fall
아서 프라이삭 & 카운트 베이시	
밥 말리 & 더 웨일러스	
스틱스	Mr. Roboto
	모차르트 피아노 소나타
존 콜트레인	
프레디 허바드	
비치 보이스	Good Vibrations
비치 보이스	Surfer Girl
비치 보이스	
비치 보이스	
비치 보이스	
비치 보이스	
비치 보이스	Fun, Fun, Fun

무라카미 하루키 소설 전곡 리스트

Love Is Blue	1967
A Summer Place	1960
〈블루 하와이〉 OST	1961
Thriller	1982
〈티파니에서 아침을〉 OST	1961
Ray Charles Greatest Hits	1961
Rick Is 21	1961
All alone am I	1962
Let's Dance	1983
Still Life	1982
Pipes of Peace	1983
The Wonderful World of Sam Cooke	1960
The "Chirping" Crickets	1957
That's All	1959
	1956
One Dozen Berrys	1958
The Eddie Cochran Memorial Album	1958
The Everly Brothers	1957
Come Go with Me	1957
Sugar Shack	1963
Surfin' U.S.A.	1963
The Beach Boys Today!	1965
Reach Out	1962
〈샤프트〉 OST	1971
Bringing It All Back Home	1965
The Freewheelin' Bob Dylan	1962
Arthur Prysock & Count Basie	1966
Exodus	1977
Mr. Roboto	1983
Ballads	1961~1962
Red Clay	1970
Smiley Smile	1967
Surfer Girl	1963
20/20	1969
Wild Honey	1967
Holland	1973
Surf's Up	1971
Shut Down Volume 2	1964

비치 보이스	California Girls
비치 보이스	409
비치 보이스	Catch a Wave
벤 E. 킹	
슬라이 앤 더 패밀리 스톤	Everyday People
브루스 스프링스틴	Hungry Heart
J. 가일스 밴드	Land of a Thousand Dances
레온 러셀	A Song for You
빙 크로스비	Blue Hawaii
아티 쇼 & 히스 오케스트라	Frenesi
베니 굿맨 외	Moon Glow
	Stardust
	But Not for Me
조지 거슈윈	Moonlight In Vermont
존 블랙번(작사), 칼 수스도프(작곡)	쇼팽 프렐류드
콜먼 호킨스	Stuffy
리 모건	Sidewinder
	슈베르트 피아노 삼중주 제2번
	Tiger Rag
루이 암스트롱 외	Hello Dolly
토킹 헤즈	
러빈 스푼풀	Summer in the City
만토바니 오케스트라	Some Enchanted Evening
TV 피플	
	푸치니 《라 보엠》
	푸치니 《투란도트》
	벨리니 《노르마》
	베토벤 《피델리오》
롤링 스톤스	Going to a go-go
국경의 남쪽, 태양의 서쪽	
	로시니 서곡집
	베토벤 〈전원〉 교향곡(교향곡 제6번)
	그리그 《페르귄트 모음곡》
	리스트 피아노 협주곡
냇 킹 콜	Pretend
냇 킹 콜	South of the border
	슈베르트 겨울 나그네
일리노이 자켓 & 히스 오케스트라	Robbin's Nest('나'가 경영하는 재즈 클럽의 이름. 작곡은 찰스 톰슨)
안토니오 카를로스 조빔(작곡)	Corcovado

Summer Days	1965
Little Deuce Coupe	1963
Surfer Girl	1963
Spanish Harlem	1960
Stand!	1969
The River	1980
Flashback	1983
Leon Russell	1970
〈블루 하와이〉 OST	1937
Four Star Favorites	1940
	1933
	1930
	1944
Hollywood Stampede	1972 (1945년 녹음)
Sidewinder	1963
	1917
	1964
Fear of Music	1979
Hums of the Lovin' Spoonful	1966
An Enchanted Evening with Mantovani & His Orchestra	1952
Still Life	1982
Unforgettable	1953
(녹음하지 않았음)	
	1945
Getz/Gilberto 외	1962

듀크 엘링턴	The Star-Crossed Lovers
조지 거슈윈(작곡), 아이라 거슈윈(작사)	Embraceable You
	헨델 오르간 협주곡
토킹 헤즈	Burning Down the House
처비 체커	The Twist
	모차르트 현악 사중주
	강아지 경찰 아저씨(犬のおまわりさん)
	튤립
허만 헙펠드	As Time Goes By

태엽 감는 새

클라우디오 아바도 지휘, 런던 심포니 오케스트라	로시니 《도둑까치》 서곡
허브 알퍼트 & 더 티후아나 브라스	The Maltese Melody
퍼시 페이스 오케스트라	Tara's Theme
퍼시 페이스 오케스트라	Theme from A Summer Place
앤디 윌리엄스	Hawaiian Wedding Song
앤디 윌리엄스	Canadian Sunset
마이클 잭슨	Billie Jean
셸리 페브레이	Johnny Angel
	슈만 《숲의 정경》 제7곡 〈예언하는 새〉
	바흐 무반주 바이올린 소나타
로버트 맥스웰	Ebb Tide
비틀스	Eight Days a Week
	차이코프스키 현악 세레나데
디온 워윅(버트 바카락)	Do You Know the Way to San Jose
프랭크 시나트라	Dream
프랭크 시나트라	Little Girl Blue
	모차르트 《마술피리》 제1막 〈나는 새잡이〉
	하이든 현악 사중주
	바흐의 하프시코드 곡 같은 것
사이먼 & 가펑클	Scarborough Fair/Canticle
	모차르트 《마술피리》
	로시니 종교음악
	비발디 현을 위한 협주곡
	바흐 음악의 헌정
	원숭이 가마꾼(お猿の駕籠屋)
	리스트 연습곡
	모차르트 피아노 소나타
	헨델 합주 협주곡
아르투로 토스카니니 지휘	로시니 《도둑까치》 서곡
	Auld Lang Syne

Such Sweet Thunder	1957
	1930
Speaking in Tongues	1983
Twist with Chubby Checker	1960
	1931
	1975
The Brass Are Commin'	1969
Tara's Theme from Gone with the Wind	1961
A Summer Place	1960
Two Time Winners	1958
Andy Williams	1956
Thriller	1982
Shelley!	1962
The Harp in Hi–Fi	1953
Beatles for Sale	1964
Dionne Warwick in Valley of the Dolls	1968
	1945
Songs for Young Lovers	1954
Parsley, Sage, Rosemary and Thyme	1966
	1945

밤의 거미원숭이

	브람스 피아노 협주곡
훌리오 이글레시아스	Begin the Beguine
서전 올스타즈	사랑스런 에리(いとしのエリー)
빌리 테일러	
	모차르트 현악 사중주 제15번
밥 딜런	
피터 폴 & 메리, 트리니 로페스 외	If I Had a Hammer

스푸트니크의 연인

	슈베르트 교향곡
	바흐 칸타타
	푸치니 《라 보엠》
엘리자베트 슈바르츠코프 노래, 발터 기제킹 피아노	모차르트 가곡 〈제비꽃〉
빌헬름 바크하우스	베토벤 피아노 소나타
블라디미르 호로비츠	쇼팽 스케르초
프리드리히 굴다	드뷔시 전주곡집
발터 기제킹	그리그
스뱌토슬라프 리흐테르	프로코피예프
완다 란도프스카	모차르트 피아노 소나타
아스트루드 질베르토	Aruanda
보비 다린	Mack the Knife
주세페 시노폴리 지휘, 마르타 아르헤리치 피아노	리스트 피아노 협주곡 제1번
율리우스 카첸	브람스 4개의 발라드
	바흐 소곡
	요한 슈트라우스 〈아름답고 푸른 도나우 강〉
	모차르트 피아노 소나타 제14번 다단조
	베토벤 피아노 소나타 제21번 〈발트슈타인〉
	슈만 크라이슬레리아나(Kreisleriana)
	바흐 푸가

신의 아이들은 모두 춤춘다

거스 칸(작사), 발터 유르만, 브로니슬라우 케이퍼(작곡)	신의 아이들은 모두 춤춘다(All God's Chillun Got Rhythm)
비치 보이스	Surfer Girl
JATP(재즈 앳 더 필하모닉)	I Can't Get Started
에롤 가너	April in Paris
	슈베르트 〈송어〉

해변의 카프카

	푸치니 《라 보엠》

Begin the Beguine	1981
10 Numbers Carat	1979
At the London House	1956
Bob Dylan's Greatest Hits Vol. II	1971
	1962, 1963

	1955
	1950~1954
	1955, 1957, 1969
The Shadow of Your Smile	1965
The Bobby Darin Story	1959
	1986
피아노 곡집 vol.4(The Complete Piano Works Vol. 4)	1964

영화 〈경마장의 하루〉 OST	1937
Surfer Girl	1963
Lester Young At JATP	1965
Concert by the Sea	1955

	슈베르트 피아노 소나타 제17번 라장조
크림	Crossroads
프린스	Little Red Corvette
래리 모리(작사), 프랭크 처칠(작곡)	Heigh-Ho
비틀스	
허만 헙펠드(작사, 작곡)	As Time Goes By
밥 딜런	
비틀스	
오티스 레딩	
스탠 게츠 & 주앙 지우베르투	
프린스	Sexy M.F.
루빈스타인 피아노, 하이페츠 바이올린, 포이어만 첼로	베토벤 〈대공〉
오이스트라흐 트리오	베토벤 〈대공〉
피에르 프루니에	하이든 첼로 협주곡 제1번
	모차르트 관현악곡 세레나데 제9번
	베토벤 '유령' 삼중주
이노우에 요스이	꿈 속으로(夢の中へ)
라디오헤드	
프린스	
존 콜트레인	My Favorite Things
	Edelweiss
애프터 다크	
커티스 풀러	Five Spot After Dark
퍼시 페이스 오케스트라	Go Away Little Girl
버트 바카락(디온 워윅)	The April Fools
마틴 데니 밴드	More
아트 테이텀 & 벤 웹스터	My Ideal
듀크 엘링턴	Sophisticated Lady
펫 숍 보이스	Jealousy
홀 & 오츠	I Can't Go for That
아다모	Tombe La Neige
이보 포고렐리치	바흐 영국 모음곡
브라이언 아사와	알레산드로 스카를라티 칸타타
소니 롤린스	Sonnymoon for Two
스가 시카오	폭탄 주스(バクダン・ジュース)
도쿄 기담집	
J.J. 존슨	Barbados
페퍼 아담스	
페퍼 아담스	

Wheels of Fire	1968
1999	1982
	1937
Sgt. Pepper's Lonely Hearts Club Band	1967
	1931
Blonde on Blonde	1966
The Beatles	1968
The Dock of the Bay	1968
Getz/Gilberto	1964
Love Symbol	1992
베토벤: 피아노 삼중주 제7번 〈대공〉/슈베르트 피아노 삼중주 제1번 (Beethoven: Piano Trio No. 7 – Archduke/Schubert: Piano Trio No. 1)	1941
	1958
	1967
井上陽水ゴールデン・ベスト	1973
Kid A	2000
The Greatest Hits(이 타이틀의 베스트 앨범은 존재하지 않는다)	
My Favorite Things	1960
Blues-Ette	1959
Themes for Young Lovers	1963
〈The April Fools〉 OST	1969
The Versatile Martin Denny	1963
Art Tatum & Ben Webster Quartet	1956
	1933
Behaviour	1991
Private Eyes	1981
	1963
	1985
스카를라티 칸타타 모음(Scarlatti: Cantatas)	1997
A Night at The "Village Vanguard"	1957
FAMILY	1997
Dial J.J.5	1957
Encounter!	1969
10 to 4 at the 5 Spot	1958

	풀랑크 프랑스 모음곡
	풀랑크 파스투헬(Pastourelle)
아르투르 루빈스타인	쇼팽 발라드 모음
	Bali Ha'i
빙 크로스비	Blue Hawaii
보비 다린	Beyond the Sea
	말러 가곡
제임스 테일러	Up on the Roof

1Q84

	Paper Moon
조지 셀 지휘, 클리블랜드 오케스트라	야나체크 신포니에타
마이클 잭슨	Billie Jean
	바흐 평균율 클라비어 모음곡
냇 킹 콜	Sweet Lorraine
조지 셀 지휘, 클리블랜드 오케스트라	버르토크 관현악을 위한 협주곡
줄리 앤드루스	My Favorite Things
	바흐 평균율 클라비어 모음곡
	바흐 마태 수난곡
	다울랜드 라크리메(Lachrymae)
	하이든 첼로 협주곡
오자와 세이지 지휘, 시카고 심포니 오케스트라	야나체크 신포니에타
루이 암스트롱	Atlanta Blues
	바흐 마태 수난곡 아리아
	비발디 목관악기를 위한 협주곡
소니 & 셰르	The Beat Goes On
입 하부르크, 빌리 로즈(작사), 해롤드 알렌(작곡)	It's Only a Paper Moon
	The Last Rose of Summer
	'1960년대 후반에 유행한, 일본인 가수가 부르는 포크송 특집'
	텔레만 각종 독주악기를 위한 파르티타
	뒤프레 오르간곡
루이 암스트롱	Chantez Les Bas
롤링 스톤스	Mother's Little Helper
롤링 스톤스	Lady Jane
롤링 스톤스	Little Red Rooster
	브람스 교향곡
	슈만 피아노곡
	바흐 건반음악
	종교음악

	1959
	1949
〈블루 하와이〉 OST	1937
That's All	1959
Flag	1979
████████████████████████████	
	1933
	1965
Thriller	1982
The King Cole Trio	1940
	1965
〈사운드 오브 뮤직〉 OST	1965
야나체크: 신포니에타 / 루토스와프스키: 관현악을 위한 협주곡 (Janacek: Sinfonietta / Lutoslawski: Concerto for Orchestra)	1970
Plays W.C. Handy	1954
In Case You're in Love	1967
	1933
Plays W.C. Handy	1954
Aftermath	1966
Aftermath	1966
The Rolling Stones, Now!	1965

	언덕 위의 집
미셸 르그랑	The Windmills of Your Mind
	말러 교향곡
	하이든 실내악
	라모 콩세르(Concerts)
	슈만 《사육제》
다비드 오이스트라흐 바이올린	시벨리우스 바이올린 협주곡
사카모토 규	올려다보렴 밤의 별을(見上げてごらん夜の星を)
	바그너 신들의 황혼

색채가 없는 다자키 쓰쿠루와 그가 순례를 떠난 해

	리스트 《순례의 해》 제1년 스위스 〈르 말 뒤 페이(Le Mal du Pays)〉
라자르 베르만	
셀로니어스 멍크	Round Midnight
	바그너 《니벨룽겐의 반지》
	브람스 교향곡
엘비스 프레슬리	Viva Las Vegas
	슈만 트로이메라이 어린이 정경
	리스트 《순례의 해》 제2년 이탈리아 〈페트라르카의 소네트 제47번〉
엘비스 프레슬리	Don't Be Cruel
	리스트 《순례의 해》 제1년 스위스 〈제네바의 종〉
	베토벤 피아노 소나타
알프레드 브렌델	
	리스트 《순례의 해》 제2년 이탈리아 〈페트라르카의 소네트 제104번〉
	하이든 교향곡

여자 없는 남자들

비틀스	
비치 보이스	
비틀스	Drive My Car
	베토벤 관현악 사중주
비틀스	Yesterday
비틀스	Ob-la-di, ob-la-da
조니 버크(작사), 지미 반 휴센(작곡)	Like Someone in Love
프랭크 시나트라	My Way
콜먼 호킨스	Joshua Fit the Battle of Jericho
빌리 홀리데이	Georgia on My Mind
에롤 가너	Moonglow
버디 디프랑코	I Can't Get Started
벤 웹스터	My Romance
프란시스 레이	하얀 연인들(13 Jours En France)
퍼시 페이스 오케스트라	A Summer Place

〈토마스 크라운 어페어〉 OST	1968
	1959
九ちゃんの歌	1963

《순례의 해》	1977
Genius of Modern Music: Volume 1	1951
Elvis Best Hits in Japan	1956
Elvis Best Hits in Japan	1956
《순례의 해》	1986

Sgt. Pepper's Lonely Hearts Club Band	1967
Pet Sounds	1966
Rubber Soul	1965
Help!	1965
The Beatles	1968
	1944
My Way	1969
Hawkins! Alive! At the Village Gate	1962
Georgia on My Mind	1941
Serenade To Laura	1949
Cooking The Blues	1954
Ben and "Sweets"	1962
〈프랑스에서의 13일〉 OST	1968
A Summer Place	1960

헨리 맨시니	Moon River
기사단장 죽이기	
	모차르트 《돈 조반니》에서 〈기사단장 죽이기〉
세릴 크로	
이 무지치 체임버 오케스트라	멘델스존 현악 팔중주곡
MJQ(모던 재즈 콰르텟)	
	푸치니 《투란도트》
	푸치니 《라 보엠》
	베토벤 현악 사중주곡
	슈베르트 현악 사중주곡
게오르그 솔티 지휘, 빈 필하모닉 연주, 레진 크레스팽 노래, 이본느 민턴 노래	R. 슈트라우스 《장미의 기사》
빈 콘체르트하우스 사중주단	슈베르트 현악 사중주 제15번
조지 셀 피아노, 라파엘 드루이안 바이올린	모차르트 피아노와 바이올린을 위한 소나타
셀로니어스 멍크	
	Annie Laurie
비틀스	Fool on the Hill
	슈베르트 현악 사중주 제13번 D804 〈로자문데〉
	베르디 《에르나니(Ernani)》
밥 딜런	
도어스	Alabama Song
로버타 플랙 & 도니 해서웨이	For All We Know
게오르그 쿨렌캄프 바이올린, 빌헬름 켐프 피아노	베토벤 바이올린 소나타
	R. 슈트라우스 오보에 협주곡
ABC	The Look of Love
버티 히긴스	Key Largo
R. 슈트라우스 지휘, 빈 필하모닉 연주	베토벤 교향곡 제7번
데보라 해리	French Kissin' in the USA
	빈 왈츠
브루스 스프링스틴	Independence Day
브루스 스프링스틴	Hungry Heart
비틀스	
비치 보이스	
브루스 스프링스틴	Cadillac Ranch
	바흐 인벤션
	모차르트 피아노 소나타
	쇼팽 소품
	Annie Laurie
	브람스 교향곡

〈티파니에서 아침을〉 OST	1961
Tuesday Night Music Club	1993
	1966
Pyramid	1960
슈트라우스—장미의 기사(Strauss — Der Rosenkavalier)	1968, 1969
	1950
	1967
Monk's Music	1957
Magical Mystery Tour	1967
Nashville Skyline	1969
The Doors	1967
Roberta Flack & Donny Hathaway	1972
	1935
The Look of Love	1982
Just Another Day in Paradise	1982
The River	1980
The River	1980
Rubber Soul	1965
Pet Sounds	1966
The River	1980